集英社オレンジ文庫

星名くんは甘くない

〜いちごサンドは初恋の味〜

夜野せせり

本書は書き下ろしです。

Contents

イラスト／星谷かおり

Hoshina kun ha amakunai
星名くんは甘くない
いちごサンドは初恋の味

運命の出会いは、最悪の状況で訪れる。

中学二年、二学期の終わり。

野宮小鳥《のみやことり》は、夢中になっていたバレーボールをやめた。

退部届を出して学校を出ると、びっくりするほど自分がからっぽになった気がして、まっすぐ家に帰らずに、ひとり、うろうろと街をさまよっていた。さまようというか、編み目のように入りくんだ住宅街を、ぐるぐるぐるぐる、ひたすら歩きつづけていただけ。

どんなに歩いても風景は同じに見えたし、どれぐらい時間が経《た》っていたかもわからなかった。

いったい、どこでボタンをかけちがえてしまったんだろう?

最初はよかった。中一のときは和気あいあいと仲よく練習していた。

風向きがおかしくなったのは、二年生になってからだ。

ふとしたきっかけで、小鳥はバレー部のボス的存在の子に疎《うと》まれて、みんなに無視され、悪口を言われるようになってしまったのだ。

顧問の先生に媚《こ》びを売ってるだとか、調子にのってるだとか、いろいろ言われた。真面目《まじめ》にがんばっているつもりだったのに。

ついこの間まで一緒にはしゃいでいた仲間が、ある日突然敵になった。仲よくしていると思っていたのは自分だけで、もしかしたら、陰《かげ》でずっと悪く言われていたのかもしれない。そう考えると怖かった。

でも、こんなやり方ってない。集団で無視するなんて卑怯《ひきょう》。そう思って耐えていたのに。

ぎゅっと手のひらをにぎりしめようとしたけど、冷えてかじかんでうまく力が入らない。

白いため息を吐いて、歩きつづける。ぐるぐる、ぐるぐる。

そして、見つけた。

冬の短い陽《ひ》が落ちて、あたりはもうすっかり暗くなっていた。

古びた家の立ちならぶ一角の、そのまた奥に、ひっそりたたずむ年季の入った一軒家。

蔦《つた》の葉の這《は》う、白い漆喰《しっくい》の壁。こげ茶色の木のドア。

その、古びた木のドアが、なぜか浮きあがって見えて、街灯に惹《ひ》かれる羽虫のように、ふらふらと小鳥は吸いよせられていった。

群青《ぐんじょう》色の看板には、白く〝ＹＯＴＳＵＢＡ　ＣＡＦＥ〟という文字が抜かれている。

四《よ》つ葉《ば》カフェ――、この店の名前。

小鳥はドアを開けた。

涼しげに鳴るドアベルの音。ふわりと鼻先に届く珈琲《コーヒー》の香り。そして、「いらっしゃいませ」という、低くてやわらかい声。

小鳥を出迎えた声の主は、驚くほどきれいな顔をした男のひとだった。端整ではあるけど近寄りがたい雰囲気はなくて、むしろ、まるっこいめがねとふんわりくしゃっとした髪のせいか、どこかほっとするような、そんな空気をまとったひと。

そのひとは、にっこりほほえむと、小鳥を奥の席に案内してくれた。

テラス窓に面したテーブル席。窓の外は小さな庭だった。冬でもみずみずしく葉を茂らせたシマトネリコの枝も、葉を落としてじっと春を待つ桂《かつら》のはだかの枝も、重なりあって揺れていた。

別の世界に迷いこんだみたいだと思った。自分の家の近所なのに、こんな店があったなんて、小鳥は今までまったく知らなかった。

まるで、神様が気まぐれにつくった秘密基地みたいな——。

「ご注文はお決まりですか？」

「あっ。えっと、これを」

あわててメニューを開いて目についたものを指さす。

「カフェオレですね。かしこまりました」

ちょっとだけ、緊張してしまっていた。ファストフード店やファミレスは友達同士で入ったことがあるけれど、こういう隠れ家っぽいカフェや喫茶店にひとりで入るのは初めてだったから。

友達、か。

部活の帰りに友達と一緒にこっそり買いぐいをしたり、テスト前にファストフード店で勉強といいつつおしゃべりしたり。そんな楽しかった思い出がよみがえって、ふと涙が浮かびそうになる。

ぐっとこらえて窓の向こうを見つめた。もう済んだことだし、あの子たちは結局「友達」じゃなかったわけだし、バレー部にかかわることももうないわけだし。泣いたところでどうしようもない。

「お待たせしました」

カップが、ことんと置かれた。あたたかい湯気のたつカフェオレ。

ふうふうと息を吹きかけて、そっと、ひと口。とたんに、あたたかいミルクのまろやかさに包まれて、そのあとすぐに、珈琲のほろ苦さが追いかけてくる。

苦いけど、どこか、優しい。

気づいたら、さっき押しこめたはずの涙が、こぼれて頰《ほお》を伝っていた。

――恥ずかしい。こんなところで泣くなんて。

幸い、ほかにお客さんはいない。指先できゅっと涙をぬぐう。

——早くこれを飲んで帰らなくちゃ。やっぱり今の私はいつもの自分じゃない。

「お客様」

そう思った矢先、声をかけられた。

「は、はい」

あの店員さんだ。泣いていたことに、気づかれたんだろうか。

「あの、すみません。大丈夫です、私」

しどろもどろになりながら言い訳を考えていると、店員さんは小さなお皿をテーブルに置いた。

「かぼちゃとクリームチーズのマフィンです」

「えっ？　あの、私、頼んでませんけど」

第一、そんなにお金を持っていない。

「こちらは試作品なんですよ。よろしければ試食してご意見を聞かせてくれませんか？　もちろんお代はいただきません」

店員さんはふんわりとほほえんだ。

「でも……」

「すみません、ひょっとして苦手でしたか？　それともなにかアレルギーがあるとか」

「いえ、そういうわけでは」

ただでこんなおいしそうなものをいただけるなんて申し訳ない。でも、そう思うのとはうらはらに、マフィンの甘いこうばしい香りが鼻先に届くと、とたんにおなかがすいてきてしまって、ぐうっ、と、おなかの虫が鳴った。

恥ずかしくてその場に埋まりたくなる。

「どうぞ、お召しあがりください」

優しい笑みを残して、店員さんはカウンター奥に戻っていった。

――ひょっとして、泣いていたから気遣って出してくれたとか……？　まさかね。

フォークで、そっとマフィンを割った。たまご色をした生地のなかに、かぼちゃペーストの鮮やかな黄色がマーブル状に混ざっている。

ゆっくりと、口のなかに運んだ。表面はかりりとこうばしく焼きあがっているけど、なかはしっとりふんわりしている。

鼻腔《びこう》を抜けていくバターの香りと、かぼちゃのこっくりした優しい甘さ、クリームチーズのまろやかな酸味。

「おいしい……」

おいしいと思った瞬間、泣いていた。もう、無理に押しこめたり、あわてでぬぐったりしなかった。

窓の外に、ふわふわと白い雪が舞っていた。

マフィンを食べ、カフェオレを飲みほしてしまっても。しばらく小鳥は、ぼうっと、窓の外に降る雪を見つめていた。

雪の、ひとひら、ひとひらが、まぶしい光をまとっていた。魔法をかけられたみたいに、ゆっくりと、踊るように舞いおちていく。

このお店には、外の世界とは、ちがう時間が流れているのかもしれないと思った。

ふいに迷いこんでしまった、街のなかの、小さな秘密基地。

気づいたら、涙は乾いていた。

それから、一年半。

季節はめぐり、春が来た。

小鳥は中学を卒業し、高校生になった――。

1　いちごサンドと三兄弟

1

野宮小鳥《のみやことり》は、古びた木のドアの前で、高鳴る鼓動《こどう》を押さえていた。

店内でバイト募集の貼り紙を見たのは、ついこの間のこと。

運命だと思った。絶対に、働きたいと思った。

そして今、ここにいる。

ここは、住宅街のなかにまぎれるようにたたずむ小さなカフェ、四つ葉《よつば》カフェ。

白い漆喰《しっくい》の壁を蔦《つた》の葉が這《は》って、深いブルーの看板をぐるりと取りかこんでいる。

ドアのそばには、ノースポールや三色すみれがこぼれるように咲いている、花かごのようなブリキのプランター。野に生きる草のように無造作に寄せ植えされた、ハーブの大きな鉢《はち》もある。四月のあたたかな風を受けて、さわさわと揺れている。

小鳥は、レモンバームのさわやかな香りをすうっと吸いこんだ。ふるえる手を、ドアに伸ばしたところで。

「バイト希望のひと？」

声をかけられて、びくっと肩がはねた。そろりと振りかえると、そこにいたのは——。

「星名《ほしな》くん」

となりの席の男子生徒、星名新《あらた》だった。

星名新は、小鳥の顔を見るなり目を見開いた。

「えっと、あんた、同じクラスの。なんか珍しい名前の……」

「野宮小鳥です」

ぼそぼそと告げた。となりの席なのに名前を認識されてなかったらしい。

「あ。そうそう、小鳥だった」

星名新はつぶやくように言った。

どうせこのひとも、自分のことを、かわいい名前にぜんぜん似合わないと思ってるんだろう。そう思った。慣れているから別にいいけど。小鳥ちゃんって、名前はメルヘンチックでかわいいのにね、と、友達だのクラスメイトだの先輩だのから、今までさんざん言われてきた。「のにね」とは失礼な。

とはいえ、かわいくふるまう気はまったくない。服装だってそう。

今日の小鳥は、デニムに青いロゴTシャツを合わせ、グレーの薄手パーカーを羽織っている。そういう男子っぽい格好を愛らしいルックスの子がするとすごくかわいかったりするのだけど、小鳥の場合は髪型も短めのボブカットだし、うすっぺらい少年体形だし、男子っぽいというより男子そのもの。

対して、星名新は、とにかく容姿が整っている。まぶしいほどに。

すらりと背が高く、しかもやたら足が長くて、背筋はぴんと伸びている。たとえば弓道とか剣道とか、そういう凜《りん》とした競技が似合いそうだ。

大きな瞳はしゅっと目じりが切れあがって、りりしい。すっと伸びた鼻筋も、細いあごも、とくにセットもせず無造作なのにさらりと清潔感のある黒髪も、すべてのバランスがいい。

まさに、少女漫画から抜けでてきたような完璧男子。実際、入学式のときにはすでに女子たちがざわついていたし、休み時間には他クラスの女子や上級生までもが彼のすがたを見に小鳥のクラスまで押しよせた。

まあ、私は好みじゃないけどね、と、小鳥は心のなかで毒づいた。

近寄りがたいのだ。となりの席にいる自分までもが女の子たちの視界に入ってしまっているようで毎日落ちつかないのに、当の星名新本人はどこ吹く風、自分に向けられるあまたの視線を完全にスルーしている。告白してきた子を秒速ですげなく振ったという話も耳にしているし、どこか冷たいというか、「寄るな触るな話しかけるな」オーラをまとっている気がする。

小鳥は、となりの席なのに、「消しゴム貸して」だの「高校の授業って難しいね」だのといったささやかな会話すらしたことがない。というか「おはよう」のあいさつさえも交したことがない。

さっきの「バイト希望のひと?」からの流れが、最初の会話だ。

「ていうか、なんで私がバイトしたがってるってわかったの?」

湧きあがった疑問をそのまま口にした。

「そりゃ、店休日に来て、ドアの前で深呼吸してるとか、絶対お客さんじゃねーだろ。店にバイト募集の貼り紙したばっかだったし」

「て、店休日……?」

はっとして目線を落とす。ハーブの鉢のとなりにある、イーゼルに掛けられた黒板には、たしかに「本日店休日」の文字。

「……知らなかったの?」

知らなかった。ということは、今、店のなかにはだれもいない……?

「ていうか、アポとっててんじゃないの？」

アポ？　なにそれ。あっ、事前に約束をしているか……ってことか。

ふるふると、首を横に振る。

小鳥は電話連絡もせずにいきなり店を訪れていた。店にいるはずの店長さんに履歴書を渡すつもりでいたのだ。

それでかまわないと思ってたけど、ちがうの？　私、ひょっとして、すごく常識はずれなことをしている……？

急に不安になった。実際、今、星名新はひどく不審そうな目で自分を見ている。

「で、でもっ」

小鳥は顔を上げた。

「私がバイト希望だったらなんなわけ？　関係なくない？　それとも、星名くんもここで働きたいとか？」

そもそもなぜ星名新と、こんな場所でばったり出くわすのか。

たまたま通りかかった？　いやいや。このカフェは奥まった場所にあって、ちょっと見つけにくい。地元のガイドブックやタウン誌にも載っていないし、あまり積極的に宣伝をしないスタイルなのか、知るひとぞ知るカフェなのだ。

もしや、新はカフェめぐりが趣味で口コミを辿《たど》ってここに行きついた、とか？　そして、自分のように、働きたいという思いを持つようになったとか……。

小鳥の、挑むような、探るような視線をかわし、星名新は、さらりと告げた。

「無駄《むだ》だって教えてやろうと思って」

「え？　無駄？」

「ここでバイトするのは、あんたには無理ってこと」

「な、なんで？」

まったく想定外な、しかもかなり失礼なことを言われて、声がうわずってしまう。

「ここ、女子はNGだから」

は？　と、小鳥はぽかんと口を開けた。じょしはえぬじー？

星名新はいかにもめんどくさそうに、ため息をひとつついた。

「女子は雇ってくんないってこと。理解した？」

星名新の冷たくも澄《す》んだ大きな瞳が自分を見おろす。

理解した？　って、言われても。

「理解なんて、できるわけないじゃん！」

小鳥はかみついた。なぜ、どうして女子はだめなのか。貼り紙にはそんなこと、ひとことも書いてなかったのに。

そんな不平等、そんなセクハラ、このお店にかぎって、ありえない。

「説明してよ！」

星名新はさきほどのものよりひときわ大きなため息を吐いた。

「嫌だ。長くなるし、めんどくさい」

「ていうか、なんで星名くんがそんなこと知ってんの？　女子がダメとか、貼り紙にも書いてなかったのに」

「あれ？　書いてなかったんだ。しょうがねーな。伊織《いおり》兄も、抜けてるとこあっからな」

「質問に答えて」

「……俺んちだから」

「は？」

住んでるってことですか？　星名新が？　ここに？

小鳥は何度もこの店に客として訪れているけど、彼のことは一度も見かけたことがない。

星名新はうなずいた。

「ここ、兄貴がやってる店だから。一階が店舗、二階が居住スペースで。俺は中学卒業してからここに居候《いそうろう》させてもらってる」

「え、え、ええーっ……」

驚きで、全身の力が抜けていった。

新はそんな小鳥を一瞥《いちべつ》すると、ポケットから鍵《かぎ》を出してドアを開けた。

まじか。まじでここが、このひとの家なのか。

あの、陽《ひ》だまりのようなほんわかオーラをまとった店長さんと、この無愛想な星名新が、兄弟なのか。というか星名新は「伊織兄」とか言っていたけど、店長さんは伊織という名前なのか……、と、一瞬のうちにいろんな思いが浮かんでぐるぐる回った。

初めて四つ葉カフェを訪れたとき、試作品ですと言ってマフィンを出してくれた、あのひとが店長だ。何度か店を訪れるうちに自然と知った。

だけど、彼と会話をしたのは、あのとき、ただ一度だけ。それからは、彼が常連と思《おぼ》しきお客さんとなごやかに会話しているのを、少しだけうらやましく思いながら、ちらちらと見ているだけだった。

「あ」

店のなかに入ろうとしていた新が、いきなり振りかえる。小鳥はびくっと我に返った。

「ここが俺んちって、学校のやつらには言うなよ?」

「え、なん」

で、と言いおわらないうちに新はドアを閉めてしまった。内側から鍵のかかる音がする。

「ちょ、入れて！　店長さんに会わせて！」

あわててドンドンとドアをたたくけど、なんの反応もない。

「納得できない。ぜんぜん、納得できない……」

せめて、なぜ女子はだめなのか、直接店長さんに説明を聞くまでは、引きさがるわけにはいかない。なんらかの理由で新がでまかせを言った可能性だってある。

小鳥は、ぎゅっと、ドアの向こうをにらんだ。

2

翌日。小鳥はいつもより三十分も早く登校した。

小鳥は朝が苦手で、いつもぎりぎりまで寝ていて無理やりたたき起こされるのだけど、今朝は、母親にも「あんたがなにも言われずにちゃんと起きてくるなんて。今日、なんかあるの？」と目をまるくされた。

なにかある、というほど大げさなことじゃない。ただ、いてもたってもいられないだけ。

星名新より早く学校に来て、あいつを待ちかまえて、いち早く昨日の話を詳しく聞きたいのだ。

そして……。これを渡すんだ。

小鳥はかばんから封筒を取り出し、自分の机の上に置いた。

Ａ４サイズの茶封筒。なかには、昨日店長さんに渡すはずだった履歴書が入っている。

教室のドアが開いて、新が入ってくる。きりっと端整な顔立ちなのに、朝はとろんと気だるげだ。

「いっつも眠そうだよね。朝弱いのかなあ。低血圧とか？」

「でもちょっと隙《すき》があってかわいいよね。普段とのギャップ？　っていうか」

小鳥の席の近くに集まって輪になっているきれい系女子たちがきゃいきゃい騒いでいる。

本人たちはこっそりささやいているつもりなんだろうけど、ばっちり聞こえている。

朝イチでつかまえて問いつめようと思っていたけど、そんなことをしたら目立つだろうな……、と、小鳥はひるんだ。

いやいや、ちょっと頼み事をするだけだし、びびってはいけない。

「おはよう」

自分の席にどさっとかばんを置いて、ふわあと猫のようなあくびをしている新に、小鳥は話しかけた。

「……………」

　ぼんやりしていた新の表情が、見る間に険しくなる。眉間《みけん》にぎゅっとしわを寄せると、新は小鳥からぷいっと顔をそらした。

　あからさまな無視。カチンときた。

「おはようっつってんだから、おはようって返すのがひととしての礼儀じゃない？」

「……めんどくさ。どうせ昨日のことを蒸しかえそうってんだろ？」

「だってあんな一方的に門前払いされて、すごすご引きさがれるわけないじゃん。ちゃんと説明してよ」

「っつーかさ。やめてくれない？　みんな見てるんだけど」

　新に言われて、はっと我に返った。さきほどまで新の話で盛りあがっていたきれい系女子たちの視線が、ちくちく背中に突きささっている。

　ここが俺んちって、学校のやつらには言うなよ。そういえば、昨日そんなことを言われたんだった。

　予鈴が鳴る。生徒たちは皆、ばたばたと慌ただしく自分の席へと戻っていく。その隙をついて、小鳥は例のＡ４封筒を、新の机に置いた。

「なんだよ、これ」

「お願い。店長さんに渡しておいてください」

「ことわ」

そのとき、がらっとドアが開いて担任が入ってきた。小さく舌打ちすると、新は封筒をさっと自分の机のなかに仕舞った。

なにあの舌打ち。感じ悪っ。そう思いつつも、新がいやいやながらも自分の履歴書を受けとってくれたことに、ひとまずは安堵《あんど》する。

いくら星名新が冷たいからって、履歴書を勝手に破りすてたりするようなひどいことはしないだろうと、小鳥は踏んでいた。無理やりにでも押しつけてしまえば、しぶしぶであっても、きっと店長さんに渡してくれるんじゃないか、……と。

もちろん、なんの根拠もないけど。


あっという間に午前中の授業が終わり、昼休みになった。小鳥は同じクラスの女子三人と一緒に机を寄せ、弁当を食べていた。ちがう中学出身の西川《にしかわ》ミキと深津《ふかつ》佳苗《かなえ》、そして、同じ中学出身の、岡本《おかもと》麻友《まゆ》だ。

小鳥のクラスの女子は今のところ、おおまかに四つのグループに分かれている。小鳥のグループは〝やや地味〟な生徒の集まり。

小学校でも中学校でもそうだったように、ここでも、制服の着こなしや髪型や持ち物、話し方、声の大きさなど、雰囲気の似た者同士がふわふわと寄りあつまって自然にグループができた。そしてやはり、グループには序列があった。

小鳥はいつも「ちょい地味」ポジション。一番安らぐし、なにより平和だ。きれい系や派手系のグループの子は、同じように華やかなポジションにいる男子と仲がよくて、実際つきあったりもしていて、楽しそうではある。が、小鳥はそういうことにはあまり興味がないし、なにより無難で平和なのが一番だと思っていた。

本当に、学校なんてめんどくさい。学校というか、人間関係がめんどくさい。

中学のときの出来事で、本当にこりてしまった。

「小鳥、今日はゲットできたんだね。よかったね、すごい人気なんでしょ?」

麻友が、小鳥の弁当の脇に置かれた小さなプリンを見て、言った。

「まあねー」

小鳥は、にっと笑んでピースサインをした。

ここの高校の購買のプリンはおいしくて人気が高い。小鳥は毎日のように購買に並ぶけど、売りきれてしまって買えないことのほうが多い。今日は運よく購入できた。

「麻友も食べる?」

「いいよー。小鳥が苦労して手に入れたプリンだもん。ゆっくり味わって」

麻友はおっとりとほほえんだ。

ほんとにいい子だなあ、と、しみじみ思いながら、小鳥は食べおわった自分の弁当箱にふたをした。

人間関係はめんどくさいけど、麻友のことは好きだ。小学校からずっと続いている友達で、「ちょい地味」仲間。つらかった時期もそばにいてくれた。高校でも一緒のクラスになれて、どれだけほっとしたかわからない。

麻友は、肩まで伸びたさらさらの髪をすくって耳にかけた。中学のときは強いくせっ毛を気にしてうつむきがちだったのに、卒業してからストレートパーマをかけたらしい。野《や》暮《ぼ》ったいめがねもコンタクトに変えて、表情も明るくなった。

もしや……。脱・「ちょい地味」を、はかっているんだろうか。

少しだけ気持ちがざらついてしまったのをごまかしたくて、小鳥はプリンを開けると、ひと匙《さじ》すくって口に放った。つるんとなめらかで、おいしい。

ふと、小鳥は考えた。

星名新の弁当って、どんなんなんだろ。四つ葉カフェに住んでて店長さんがお兄さんってことは、店長さんがお弁当を？　どんなメニュー？　気になる。

まさかデザートつき？　このプリンなんて目じゃないぐらいおいしいのかな？　うーん、うらやましい。などと、考えていると。

「——さん。野宮さん」

男子の声が聞こえた。麻友が目を見開いている。

「小鳥小鳥っ。うしろっ」

「ん？」

野宮って、そっか、私か。ぼーっとしていた小鳥はようやっと気づき、くるっと後ろをふりむいた。

星名新が自分を見おろしている。

「ちょっと、いい？」

小鳥は水筒のお茶をひと口飲むと、食べかけのプリンを置いて席を立った。麻友たちが、きゃあっと黄色い悲鳴をあげたのを背中で聞いた。

「ごめん。食ってる途中だったな」

「あ。それはいいよ。またあとで食べるし」

口も悪いし失礼な態度ばかりとるくせに変なところに気を使うんだな、と小鳥は思った。食べおわるまで待ってて、と言ったら律儀に待っててくれたんだろうか。まあいいけど。

教室を出て廊下の突きあたりまで進むと、新は扉を開けて非常階段を下りた。

やわらかい春風が頬《ほお》を撫《な》でる。こんな、だれも来ないような場所に呼びだすなんて、きっとカフェの話に決まっている。

階段を下りきったところで、履歴書の入った封筒を突きかえされた。

ほら来た。

「星名くんが店長さんに渡してくれたら話が早いと思ってたんだけど」

「あのさあ。言ったろ？　女子は雇わないって」

「店長さんの弟の推薦《すいせん》だったら、特別に認めてくれるってこと、ない？」

「ないね。っつーかなんで俺があんたを推薦しなきゃいけないんだよ」

小鳥は、仕方なく封筒を受けとった。まあ、そんなにうまくいくはずない、か。

「じゃあせめて、なんで女子はダメなのか教えてよ」

だけど、ただで引きさがるつもりはない。

「あとさ、星名くんは店長さんの弟であそこに住んでるって言ってたけど、なんで秘密にしてるの？　ていうかそもそもどうして一緒に暮らすことにしたの？　ふたり暮らしなわけでしょ？　親はいいって言ってるの？　ていうか星名くんもあそこでバイトしてるとか？」

このさい、疑問に思うことはなんでも聞いてやる。

新はあからさまにむっと顔をしかめた。

「俺の話は関係ないだろ」

「でも」

「気分悪い。女子だろうが男子だろうが、無神経にずけずけ踏みこんでくるやつと一緒に働くとか、冗談じゃない」

小鳥ははっとして口をつぐんだ。無神経に、ずけずけ……。

たしかにそうだ。きっと彼には彼の事情がある。それも、秘密にしておきたい類《たぐい》の事情が。そのことに、思いいたらなかった。

「ていうか、なんであんた、うちの店にそこまで固執すんの？　カフェで働きたいならほかにもあるだろ。うちより洒落《しゃれ》てて、時給も条件もいいとこがさ」

「それは……」

小鳥は言いよどんだ。さっきまでの勢いは完全にしぼんで、弱々しくかすれた声しか出ない。

「話すと、長くなるから」

ごめんなさいっ！　と頭を下げ、小鳥は非常階段を一気に駆けあがった。

話すと、長くなる。それに……。四つ葉カフェと出会ったころの自分はどん底だったから。今でも思いだすと胸が詰まって息が苦しくなるのだ。

自分だって、星名新にそんなことまで話す気にはなれない。おたがいさまだ。


沈んだ気持ちで教室に戻り、封筒を机のなかにつっこむと、小鳥はふたたびプリンを食べはじめた。たとえ落ちこんでいても、嫌なことを思いだしてしまっても、食欲だけは衰《おとろ》えない自分に、ほとほとあきれる。

「あのさあ……。小鳥」

麻友たちがらんらんと目を輝かせている。

「星名くんと、仲いいの？」

ひそめた声が艶《つや》っぽくきらめいている。これはなにかを勘違い……というか、妙な期待をしている？

「べつに、仲はよくないよ」

むしろ徹底的に嫌われた感がある。それは反省している。自分も悪かった。

「でもさ、いきなりふたりで教室出てどこかに行っちゃうし。まさか告白？　って、みんなざわついてるよ」

佳苗が声をひそめた。

「こっ、こっ」

告白っ？

「わわわわたしが、あいつに？」

こくこくと、麻友たちはそろってうなずいた。

「もしくは、星名くんが、小鳥に」

「あっ、ありえないでしょそんなことっ」

いったいぜんたい、どうしてそういう発想になるのか。

あのあと、どこかに行ったのか、まだ星名新は教室に戻ってきていない。小鳥は大きく息をひとつ吐いて、動揺をしずめた。

「あのね、ほんとになんでもないいんだってば」

「じゃあなんだったの？」

それは……、言えない。カフェのことは秘密にする約束だ。かなり一方的に取りつけられた約束だけど。

「小鳥、恋愛とか、ぜんっぜん興味ない感じだったから。高校生になって目覚めたのかなーって思ったんだけど」

麻友がおっとりとつぶやいた。

いや、目覚めてないから。たしかに中学時代は部活ひとすじ、男子なんて眼中になかったし、同じ非モテでも少女漫画やドラマが好きで夢見がちだった麻友とはちがい、小鳥にはそういう憧《あこが》れすらなかった。今もない。

大体、友人関係ですらうまく立ちまわれずにつまずいてしまった自分には、恋愛など難易度が高すぎる。そんなハードル飛びこえようとも思わない。

「私、ほんとに星名くんのことはなんとも思ってないから」

むしろ苦手なタイプだし。

「でも、まわりはそうは思ってないんじゃない？」

ミキが、ちらっと、窓際近くに陣取っているきれい系グループを見やった。小鳥のことをじとっとねめつけている。

やばっ、と小鳥は身をすくめた。

「星名くんってさ、普段ぜんぜん女子と絡まないじゃん？　だから余計目についたんだよ。あの星名くんが野宮ちゃんとは仲よさげなのはどういうことなんだ、って」

佳苗が言った。なるほど。あれのどこが仲よさげに見えたのかは謎だけど、まあ一理ある。

やっぱりあんなに目立つ男子とかかわるのはよくない。星名新もかなり嫌がっていたし、カフェの話を聞きだすような真似はもうやめよう。

あんなにもてるひとととの仲を勘繰《かんぐ》られて、また敵視されるようなことになったらたまらない。

せっかく、あのときのバレー部メンバーとは別の高校に入ったのに。

昼休み終了のチャイムが鳴る。ちょうどそのタイミングで、新が教室に戻ってきた。

麻友たちは、「じゃ、またあとでね」と小さく手を振って自分の席へ。

去り際、ミキと佳苗は、新と小鳥を交互に見やって、にしし、と笑った。いや、だからちがうって。

ちょっとふたりで話してたぐらいでここまで勘繰られるとは、モテ男子おそるべし。


一日の授業が終わり、帰りのホームルームが終わると、星名新は即行で教室を出ていった。結局、昼休み以来、小鳥とは一度も目を合わせることはなかった。

今からあのカフェに帰るのか。いいなあ……。

ふいに、ため息がもれる。はっきりいってうらやましい。そういえば、小鳥に対して、一緒に働きたくないなどと言っていた。ということは、やっぱり星名新もお店でバイトをしているんだろう。

そんなことを考えていると、背中に、ぽんと手が置かれた。麻友だ。

「一緒に帰ろ」

「……ん」

立ちあがって麻友とふたりで教室を出る。

靴《くつ》を履《は》きかえ校舎の外に出ると、ふわりと、花の香りと萌《も》えでたばかりの緑のにおいがした。

四つ葉カフェの庭を思いだす。

あのカフェの裏にある、小さな庭。初めて行ったときは冬だったけど、春、夏は緑にあふれてきらきらまぶしい。

あの、庭に面したテーブル席で、光をあびてそよぐ木々や草花の緑を眺めながらいただく、サンドイッチと珈琲《コーヒー》、あるいは甘い焼き菓子と紅茶。なによりも幸せなひととき。

店長さんが常連さんと、ガーデニングの話で盛りあがっているのを聞いたことがある。きっとあの店長さん――伊織さん――がつくったお庭だ。

思いだすと、ほうっと深い息がもれる。

そんな小鳥の顔を、麻友がのぞきこんだ。

「ねえ、やっぱり、好きなひとできたんじゃない？」

「いやいや、またその話？　ちがうって」

そっか、と、麻友はちょっと残念そうに眉を下げた。

風が吹いて、ざあっと、桜の並木が揺れる。

高校から続く長いゆるやかな下り坂の途中で、ふたりは立ちどまっていた。道沿いにずらっと植えられた桜は入学式のころにはあらかた散ってしまっていて、今はもう新しいやわらかな葉を茂らせている。

「わたしはね。いるんだ。好きなひと」

麻友はほんのり頬を染めた。

「ずっと言えなかったけど、中学のころから憧れてて。同じ高校に入れたから、自分をみがいて、いつか告白したいな、って」

「そうだったんだ。だれか、聞いてもいい？」

小鳥がたずねると、麻友は赤い顔して「二組の多田《ただ》くん」と消えいりそうな声で答えた。

麻友の艶のある髪が風になびいて甘い香りが漂ってくる。まるで、ひらいたばかりの花のような。

——麻友、最近変わったもんね。好きなひとを振りむかせたくて、がんばってかわいくなったんだな。

私、まだ、わかんないからな。そういうの。小鳥は葉桜の梢《こずえ》を見あげて、目を細めた。

ちょっとだけ憧れているひとはいるけど、「好き」というのとは、ちがうし。

「とにかく、わたし、がんばるよ。多田くんもてるし、わたしにはハードル高いっていうか、無理めな恋だけどさ」

へへっと笑う、麻友。

かわいいな、と思った。麻友のはにかんだような笑顔が、かわいくて、まぶしくて。小鳥は、すこしだけ寂しくなった。

がんばるよ、か。

麻友はじっと小鳥の目を見つめた。

「もしも小鳥に好きなひとができたら、教えてね」

「ん」

曖昧《あいまい》に返事をして、苦笑い。

ごめんね、まだ私はそっち側には行けないや、と、小鳥は心のなかでひとりごちる。

恋より、仕事。憧れのカフェで仕事をしたい！

させてください！

3

麻友と別れたあと、小鳥は、その足でまっすぐに四つ葉カフェへと向かった。

今日はばっちり営業中である。古びた木のドアの横、プランターの脇にあるイーゼルに立てかけられた黒板には、本日の日替わりと、おすすめメニューが書かれている。

日替わりプレートのメインは和風ハンバーグ、おすすめパスタは鶏肉《とりにく》とアスパラのクリームパスタ、そして、いち推《お》しスイーツは、いちごのサンドイッチ。

食べたい。

じゃなくって、バイトの面接申し込みに来たんだった。

小鳥はドアを開けた。

からん、とドアベルが涼しげな音をたてる。とたんに、ふわっと、珈琲の香りが鼻先に届いた。

入り口近くに置かれているガラスのショーケースには、このカフェの人気メニューであるサンドイッチが並んでいる。店内で食べても、テイクアウトしてもＯＫだ。

契約農家から取りよせた新鮮な野菜を使ったおかずサンド、そして、季節のフルーツとクリームをはさんだデザートサンド。

小鳥はいちごのサンドイッチにくぎ付けになった。おいしそう……。

サンドイッチの断面には、ふわふわの白いクリームにはさまれた真っ赤ないちごがみっつ、きれいに並んでいる。しかも、かなり大粒のいちごをまるごとはさんである。見ているだけで口のなかが甘ずっぱい幸せで満ちていく。

「いらっしゃいませ。こちら、お召しあがりですか？」

話しかけられて顔を上げると、すらっと背の高い店員さんが、にっこりとほほえんでいた。だれだろう。店長さんではない。初めて見る男のひとだ。

顔ちっちゃ、と小鳥は思った。何頭身なんだろう？　手足が長くてモデルみたいだ。白いぱりっとしたシャツに、チョコレートブラウンのカフェエプロンがさまになっている。

それに、かなり……。甘い顔立ち。

明るい茶色がかったさらさらの髪、左耳には銀色の小さなピアス。すっと形のいい眉に、少し目じりの下がった愛嬌《あいきょう》のある目もと。にこっとほほえむと、頬に小さなえくぼができる。いかにもモテそう。

「いちごサンドは人気で、すぐに売りきれてしまうんです。五月までの限定メニューなんですよ」

モデル風店員は言いそえた。声まで甘い。ほほえむたびにキラキラしたなにかがあふれでている。だけど小鳥の視界のなかで圧倒的な輝きを放っているのは、ショーケースのいちごサンド。

ごくりとつばを飲みこむ。

すぐに売りきれるとあらば、今ここで食べないわけにはいかない。

小鳥は奥の席に通された。小鳥が一番好きな、緑いっぱいの小さな庭に面した、二人掛けのテーブル席。

ミニアルバムを利用した、手書きのメニューブックを開く。

注文したのは、もちろんいちごサンド。そしてカフェオレも。

この店は、けっして広いとはいえない。むしろ、かなりこぢんまりとしている。

まるで古い木造校舎のような、板張りの床。あめ色の一枚板のカウンター席と、四人掛けのテーブル席がふたつに、二人掛けのテーブル席がふたつ。

テーブルも椅子《いす》も木製で、デザインはばらばらだけど統一感がある。きっとどの家具も、かなり年季が入っているせいなのだろう。

大きなテラス窓越しに、庭の若葉がゆれているのが見える。春のやわらかい日差しをあびて、そよそよ、さやさや。

なごむなあ……。小鳥はうっとりと目を閉じた。あまりに気持ちよくて、うっかりまどろみそうになる。

「お待たせいたしました」

モデル風店員の声でぱちっと目を開けた。ことん、と、いちごサンドの載ったお皿とカフェオレのカップが置かれる。

「ごゆっくりどうぞ」

店員さんは一生懸命笑いをかみ殺しているようだ。

寝そうになってたの、見られてたのか……。うう、恥ずかしい。

気を取りなおして、いちごサンドを手に取る。ひと口、ぱくり。

ああ……。想像以上なんですけど。

クリームはふわふわですうっと溶けていくし、いちごはとんでもなく甘くてみずみずしいし、そもそも、すべてを包みこむパンそれ自体がおいしい。ふんわりきめ細かくて、ほんのり甘みがあって……。

もうひと口、ぱくり。じっくりと味わう。こんなにたっぷりクリームがはさんであるのに、甘すぎずさっぱりとしていて、ぜんぜんしつこくない。なにより、いちごとの相性が抜群。

あっという間にぺろりとたいらげ、余韻《よいん》にひたりながらカフェオレを飲む。まろやかで優しいミルクと、珈琲のほろ苦さのバランスが絶妙。

小鳥はふたたび目を閉じる。

幸せ。ずっとここにいたい。名前が小鳥なんだし、いっそ鳥に生まれかわってあの庭で飼われたい。いやいや、ちがう。私がそもそもここに来たのは……。

「おい。なんで来てんだよ、野宮小鳥」

ひとかけらの甘さもない低い声が小鳥の名を呼ぶ。しかもフルネームで。

学校では「野宮さん」と呼んでいたのに一気に格下げされた。昼休みの時のことをまだ怒ってるんだろう。

「なんで、って。それがお客さんにとる態度？」

小鳥は座ったまま、星名新を見あげた。

「ちょうど今、野宮しかお客さんいないし。同級生として話しかけてる」

星名新はネイビーのコットンシャツにチョコブラウンのカフェエプロン。店長の伊織さんもいつもこのエプロンをしているし、エプロンだけ皆そろいのものを使っているようだ。いわば制服的な。

「やっぱり星名くんもここで働いてたんだ。今までどこにいたわけ？」

「厨房《ちゅうぼう》。っつーか、玲人《れいと》がうちの高校の制服着た子がいるっつってたから来たら、やっぱ野宮だった」

玲人、というのは、あの茶髪ピアスの、モデル風店員の名前のようだ。

「食べおわったんならさっさと帰ってくれない？」

「ちょ、だからどうしてお客さんにそういうこと言うの？　混んでるわけでもないのに」

「ほんとは客として来たわけじゃねーんだろ？」

そうだ。その通りだ。

「……店長さんと話がしたいんだけど」

「いない。だから帰れって」

新はすげなく言いはなつ。小鳥はむっとして新をにらんだ。

ガラスの向こうにある庭では、春のうららかな光のもと、もんしろ蝶《ちょう》がくるくると飛びまわっている。なのに、新と小鳥の間には、ぱちぱちと火花が散っている。

「そんな言い方することないじゃん」

ふいに、やわらかい声がふたりの間に割ってはいった。

「女の子にはもっと優しくしないと」

玲人が新の肩に手を置いた。そして、小鳥に向かってキラキラスマイルを向けた。

「きみ、新の友達？」

「友達じゃねーし」

間髪いれず否定する新。

「あ。えっと、野宮小鳥といいます。ここでアルバイトをしたくて」

小鳥は立ちあがると、たどたどしく自己紹介した。

「へえ。バイト希望ね。いーじゃん。この子の話聞こうよ」

玲人は、あごに手をやって、いかにも「おもしろい」と言いたげな笑みを浮かべている。

まじで？　話聞いてくれるの？　小鳥は思わず目を輝かせた。

「ちょ、なに言ってんだよ？　女子はダメだって」

あわてたのは新だ。

「まだ言う？　それ。いいじゃん女子でも。っつーか俺だっていろいろ忙しいんだからこれからあんまり手伝い来れなくなるし、早くバイトの子決まんなきゃ困るんですけど」

玲人はふたたび小鳥にほほえみかける。

「兄貴に話しとくから、閉店後にまたおいで」

「なに勝手に決めてんだよ」

「あ、あのっ」

言いあいを始めた新と玲人の間に、小鳥は割ってはいった。

「兄貴って、さっき……」

ああ、と、玲人は答える。

「ここの店長のこと。あ、ちなみに俺は星名玲人っていうの。大学二年、ハタチだよ。店長の伊織の弟で新の兄でーす。バイトが決まるまで、ヘルプに入ってるんだ」

にいっと笑う玲人。

つまり、店長さんが長男で、この玲人さんが次男で、にくったらしい新が三男……。次男の玲人さんもここに住んでるってこと？

と、まあ、それは置いといて。

「あの。店長さんは今いないって、星名くんが……」

「いるいる。ずっと厨房で作業中だよ」

からからと玲人は笑う。小鳥は星名新をじとっと見つめた。うそついたな？

新は眉ひとつ動かさず、平然としている。ちっとも悪びれない感じが、すごくむかつく。

「じゃ、小鳥ちゃん。またね」

玲人は身をかがめて小鳥の顔をのぞきこむようにして、いたずらっぽく笑った。

ち、近い。それに、小鳥ちゃん、って。いきなりの名前呼び。

思わず身をひいた小鳥を見て、「かわいいね」とつぶやくと、玲人はその場を離れた。

な、なに？　あのひと。

小鳥はめんくらってその場にぼーっと立ったまま。

新はこれみよがしのため息をつくと、テーブルの皿とカップを片づけはじめた。

「本気にとるなよ。あいつ、だれにでもあんな感じだから」

「わかってるし、冗談だって。私だって自分のキャラわかってるし」

むっとした。当然、からかわれているだけだってわかってる。ただ、びっくりしただけ。

新は小鳥をちらりと見やった。

「早く帰れ。玲人はああ言ってたけど、もう来るなよ。無駄だから」

そんなに一方的にはねつけられたら、むしろ絶対に来てやるという気持ちになる。

からんとドアベルの音が響く。そして、主婦らしき女のひとの四人グループが入ってきた。とたんに、新は、

「いらっしゃいませ」

さわやかな笑みを浮かべる。どこにこんな表情をかくし持っていたのか不思議になるぐらい、完璧なスマイル。あまりのギャップに小鳥はたじろいだ。学校でも、ずっと無愛想なのに……。

続けて若いカップルもやってきて、店はにわかに活気づいた。小鳥はお会計をしにそそくさとレジへ向かう。けど、玲人も新も接客中。

レジのそばには小さな木棚が置かれていて、そこにはキュートなアクセサリーがディスプレイされていた。小さなタグにはかすれたスタンプで〝Snowdrop〟とある。ハンドメイド作家さんが作品を委託販売しているコーナーなのだろう。かわいいな、と、小鳥はぼんやり見ていた。まあ、自分には似合わないけど。

と、

「すみません、お待たせしました」

カウンター奥の厨房から出てきたのは。

店長さん……。伊織さん、だ！

とたんに、ふわっと小鳥の体温は上がる。

「お待たせしました。お会計ですね？」

「は、はい」

あたふたと返事をした。

「いつもこの店に来てくださって、ありがとうございます」

伊織は小鳥に、小さく頭を下げた。

「は、はい」

なんだかどぎまぎしてしまう。

「高校、入学されたんですね」

「えっ」

「制服が変わったから」

伊織はふわりと笑った。低く落ちついた声は耳の奥にここちよく響く。

くしゃっとやわらかいくせっ毛に、まるっこいめがね。すっきり整った面立《おもだ》ちは、黙っていると近寄りがたいほどきれいだけど、ほほえむとたんに目が三日月のように細くなって、優しい雰囲気をまとう。洗いざらしの、オフホワイトのナチュラルな麻のシャツに、小ぎれいだけど使いこんでこなれた感じのカフェエプロンがよく似合っている。

なんだか頬が熱い。

――高校入学されたんですね、って。私のこと、気にかけてくれてたんだ……。

4

四つ葉カフェの営業時間は、基本、十時から十九時まで。金曜と土曜のみ、十九時半まで延長。

自宅で夕食を済ませたあと、小鳥はふたたび四つ葉カフェを訪れた。小鳥の家はカフェからさほど離れていない。なのに、中二の冬までその存在を知らなかった。

四月下旬。夜のはじまり、空気はまったりとあたたかい。

玲人が「兄貴に話をしておくからまた来て」と言ってくれたこと、伊織がほほえみかけてくれたこと。それが、小鳥の背中を押していた。

店に着いたとき、ちょうど伊織がしゃがんでドア横の黒板の文字を消しているところだった。

「あの、すみません」

話しかけると、伊織は小鳥を見あげた。

「どうされました？　忘れ物ですか？」

「えっと。ちがうんです。実は私、バイト募集の貼り紙を見て、それで……」

どきどきして声が裏返ってしまう。

「私を、ここで働かせてください！」

勢いよく頭を下げて、履歴書の入った封筒を差しだした。心臓はますます激しく波打っている。

「そうか、きみが……。玲人から話は聞いています」

小鳥は顔を上げた。だけど。

「ごめんね」

伊織は、めがねの奥の目を曇《くも》らせている。

「女の子は、採用しないことに決めているんだ」

「どうして……ですか」

新に食ってかかったときとはちがって、今の小鳥には、かぼそくかすれた声しか出ない。

あんな優しげな伊織さんが、申し訳なさそうに眉尻《まゆじり》を下げて、「ごめんね」と言っている……。

なかへどうぞ、と促《うなが》されて、小鳥は閉店したばかりのカフェに入った。昼間と同じテーブルに通されて、椅子に腰を下ろす。伊織も、向かいの席に座り、小鳥から受けとった履歴書に目を通している。

カウンター奥の厨房から玲人がすがたを現した。

「小鳥ちゃん！」

玲人が片手を上げる。その後ろには、新もいる。

「来るなっつったのに」

すげなく言われて、小鳥はぎろっと新をにらんだ。

玲人と新は、伊織の両脇に立った。

「どうして女子NGかっていうと、兄貴めあての女ばっか応募してくるからだよ」

小鳥の問いに答えたのは玲人だった。

「ていうか、それでひどい目にあったことあるし」

な、と、玲人は伊織に目線を送った。伊織は困ったような顔をして、うなずく。

「以前、従業員として採用したばかりの女性に、すぐに交際を申しこまれたことがあって。断ったのに、あきらめてくれなくて」

「だんだんエスカレートしてきてさ。プライベートでもつきまとわれて。無言電話とか、嫌がらせとかされたり」

大変だったんだよ、と、玲人はため息をついた。

「で、でも。たまたまそのひとが極端だっただけで、女のひとがみんな店長さんを好きになってストーカー化するわけじゃないと思うんですけど」

小鳥は反論した。

「それはそうかもしれないけど」

今度は新が答えた。

「どうしても警戒するだろ、そんな目にあったあとだったら。兄貴、かなりまいってたし。兄貴のためにも、女子を雇うのはやめればって、俺がアドバイスした」

「情けない話だけどね」

伊織が自嘲《じちょう》気味にため息をつく。

「っつーか、あまりにも多いんだよ。伊織兄に対して下心見え見えの女がさ。そんな不純な動機で、まじめに仕事できるわけねーよ。そういうやつを面接でいちいち落としていくのも手間かかるし。だったら最初から女子NGにしておいたほうがわずらわしくないだろ?」

新の声が熱をおびた。子どものようにムキになっている。

玲人が苦笑する。

「新もいろいろイヤな目にあってるからなー。女がらみで」

「うるせ。余計なこと言うんじゃねーよ」

「いてっ。おまえ、なに思いっきりひとの足踏んでんだよ」

またもや新と玲人が小競《こぜ》りあいを始めてしまったので、伊織が「そこまで」とあわてて止めた。

玲人はこほんと咳《せき》払いすると、

「よーするに兄貴がもてすぎるんだよ。ま、女子に限らず、兄貴めあての男だっていないわけじゃないだろうけど」

と、言いそえた。

「はあ……」

もてすぎる。それはそうだろうなあ、と小鳥は思った。お客さんにも、伊織さんめあてのひとは多いはず。自分だって、ほんのり憧れていたぐらいだ。

だけどそれは、決して、ちゃらついた恋愛感情じゃない。今までだれのことも好きになったことがないから、恋がどんなものなのか、いまいち具体的にイメージできないというのもあるけど。きっとこれからも、彼に恋するとか、ありえないと言いきれる。

──私は、ちょっとイケメンで優しいからって簡単に好きになったりなんかしない。

私が伊織さんを「いいな」って思うのは、彼がこの空間にいるから。おいしい料理と、おいしい珈琲と、陽だまりみたいな居心地のいい空間をつくりだせるひとだから。

だから、私は。

「私は店長さんみたいになりたいんです。お手伝いがしたいんです」

小鳥は思わず口走っていた。

「私は……」

思いだしていた。初めて四つ葉カフェを訪れた日のこと。

「ここを見つけたとき、私は人生で一番みじめな思いをしていたんです」

十三歳、中学二年生の、冬。夢中になっていたバレーボールをやめた日。

「とにかく最悪の気分だったんです。そのころ、その……。部活でイヤな目にあってて」

小鳥は言いよどんだ。自分が無視されて嫌がらせをされていたことなんて、今でもまだ認めたくない。

小鳥はぎゅっと手のひらをにぎりしめた。

――私は負けた。負けて、好きなことを手放してしまった。

だけど。

「私は偶然このお店を見つけました。カフェにひとりで入るのは初めてで。緊張しながら、カフェオレを、頼みました」

声がふるえてしまう。

「そしたら、試作品です、って言って……。店長さんが、マフィンを出してくれたんです」

だって、思いだすだけで涙が出そうになる。

「甘くてすごくおいしくて……。なんていうんだろう。溶けてく、感じがした」

「溶けてく？」

聞きかえしたのは伊織だ。小鳥はゆっくりとうなずく。

「溶けたんだと、思います。私、気づいたら泣いていたから」

おいしい、って、思った瞬間に。ふわっと世界が色を取りもどした感じ。

あのときの四つ葉カフェに流れていた空気はゆるやかで、テラス窓の外に、ふわふわと雪が舞っているのが見えた。

窓の外をぼんやり眺めているうちに、だんだん自分が、今までいた世界とは切りはなされた場所にいるみたいな気がしてきて。小鳥の涙はいつの間にか乾いていた。

そのとき小鳥のスマホがふるえた。母からの着信だった。瞬間、心が現実に戻ったけれど、学校を出たときの、あのみじめな気持ちと、敗北感は消えていた。いや、もちろん、全部きれいさっぱりなくなったわけじゃない。でも、もう、まっすぐに家に帰れそうだと思った。

「なんであんなに私はほっとしたんだろう。素直に泣けたんだろう。そのわけが知りたくて、それからも時々この店に来ました」

「で。わかったの？」

玲人が静かに聞いた。小鳥はゆっくりと首を横に振る。

「まだ。でも、来るたびに好きになりました。このお店を。どのメニューもおいしいし」

「すごく幸せそうな顔していちごサンド食べてたよね」

玲人が笑いをかみ殺している。

「い、いいじゃないですか！　ほんとにおいしかったんだし！」

かあっと顔が熱くなった。

「じゃあこれからも客として来ればいいだろ。なにもここで働かなくても」

新がぶっきらぼうに言いはなつ。

「バイト募集の貼り紙見たとき、運命だって思ったんだもん！」

新に意地の悪い言い方をされると、ついムキになってしまう。

「好きなお店で働きたいって思うの、そんなにおかしい？」

ヒートアップする小鳥を、「まあまあ」と玲人がなだめた。

「小鳥ちゃん。こいつ、ほんとはうれしいんだよ。だーい好きな四つ葉カフェがほめられてさあ。素直になりゃいいのに」

玲人がにやにや笑いながら新をちらちら見やる。新は小さく「うっせ」と悪態をついた。

「やっぱ俺は小鳥ちゃん、いいと思うんだけどなー。妙に熱いし、店への愛もあるみたいだし。どう？　兄貴」

水を向けられた伊織は、じっとあごに手をやって考えこんでいる。いつもは穏やかな、めがねの奥の目は今、冷たいほどに澄んで、鋭い光を灯《とも》している。

「お、お願いします！」

たまらず、小鳥は頭を下げた。

「私、店長さんのことも、もちろん玲人さんのことも、好きになったりしませんから！」

「えー？　俺はいいのにぃ」

玲人が口をとがらせる。

「じゃあ新は？」

「論外です」

「否定、はやっ」

当たり前。わざわざ宣言するまでもない。天と地がひっくり返ってもありえない。

「と、とにかくっ！」

小鳥はだんっとテーブルに手のひらをついた。

「私が恋してるのは、このカフェそのものなんです！」

しーん、と。皆が静まりかえる。

やばいなに恥ずかしいこと言ってんだ私、と、小鳥は我に返った。

恋って。それはあんまりでしょ！

息の詰まるような沈黙のあと、ふいに、伊織がくっと笑いだした。

「て、店長さん？」

「や、ごめん。ほんとに熱烈なんだなと思って」

小鳥は真っ赤になってしゅるしゅるとしぼんだ。

すみません元体育会系なもんで……。

こういうとこが、うざいと思われてたのかもしれないから、学校ではうまく隠していたつもりだったんだけど、つい地が出てしまった。

「野宮さん」

やわらかい声が小鳥を呼ぶ。ほほえんだ伊織の目は三日月のように細くなっている。

「は、はい」

なぜか、どぎまぎした。

「今週の金曜から、来てもらってもいいかな」

「は、はい？」

「とりあえず、一カ月は試用期間、ってことで。あ、もちろん給与は支払います」

「えっ……」

ぽかんと口を開けた。

「あ、お試しで採用とはいっても、きちんと契約は交わすから。そのさいいろいろ出してもらわなきゃいけない書類があるから、このあと、少し説明します」

「は、はあ……」

しようきかん？　けいやく？

「にぶいなあ、小鳥ちゃん。採用ってことだよ」

玲人が小鳥に向かって、にっこりほほえみかけた。

採用……！

「がんばってね」

「は、はいっ！」

はずむように返事をすると、小鳥は、背筋をぴんと伸ばした。

2　初仕事とオムライス

1

　そういうわけで、小鳥《ことり》はひとまず四つ葉《よつば》カフェでバイトをすることになった。

　とりあえず今週は、金曜の十六時半からと、土曜のランチタイムに入る。

　また改めてシフトを組むから、と伊織《いおり》は言っていた。忙しい時期にはたくさん入ってもらうかも、とも。

　現在はフリーターの江藤《えとう》さんというひとがバイトに入っているのだけど、彼が来れる日が少なくなったので、玲人《れいと》にヘルプを頼みつつ、新しいバイトも募集していた、らしい。

「あくまで『お試し』だからな。そこ、忘れんなよ」

　新《あらた》には、しっかり念押しされたけれど。

　学校では、相変わらず、新とはなんの会話もない。

　伊織に女子が近づくことが嫌なのか、新自身が女子を嫌いなのか、それとも単に小鳥のことが苦手なのか。たぶん全部だな、と小鳥は思った。新も女子がらみで嫌な目にあったことがあると、ちらっと玲人が言っていたし。

そして、金曜の放課後。

いよいよ憧《あこが》れのお店で働ける。小鳥はどきどきしながら帰り支度をした。楽しみではあるけど、そもそもアルバイト自体が初めてなわけだし、実はけっこう緊張もしている。気持ちの置きどころがないというか、ふわふわ宙に浮いて落ちつかない感じ。

「あっ、小鳥」

教室を出ようとした小鳥を、麻友《まゆ》が呼びとめた。

「どしたの麻友」

「い、急ぐの？」

「うん、ちょっとね」

まだ時間に余裕はあるけど、気分的に急がずにはいられない感じなのだ。

「どしたの？」

「あ。えっと、……じゃ、いいや。また今度」

麻友はなんだか歯切れが悪い。それに、なぜか頬《ほお》を赤らめている。変な麻友、と、小さく首をかしげながらも、自分のことでいっぱいいっぱいの小鳥は、「じゃね」と麻友に手を振って教室を出た。

階段を駆けおりて桜並木の坂道を駆けおりて、また長い坂道をのぼって。いったん家に帰って着替えると、すぐに四つ葉カフェへと向かって走っていった。

服装は、動きやすいものなら基本なんでもいい、ということだった。だけど、お客さんの前に出るのだから清潔感のあるもの、できれば店の雰囲気を壊さないような、派手すぎない自然体のものがいい、とも言われていた。

星名《ほしな》三兄弟はそろってシャツを着ていたので、小鳥もシャツにした。というかそのためにシャツを何枚か買いそろえた。一日目の今日は、白い七分袖《そで》のシャツにベージュのストレートパンツにした。シンプルイズベスト。

古びた木のドアを開けると、カウンターにいた伊織と目が合った。伊織はにっこりほほえむと、目で、ここに来るように、と合図した。

カウンターのなかに入るのも初めてだ。

なかには小さな流しがあり、背面には、食器や珈琲《コーヒー》豆や紅茶の缶の並んだ作り付けの棚がある。その脇には厨房《ちゅうぼう》への出入り口があり、のれんで仕切られている。

「今日から、よろしくお願いします」

伊織は小鳥に頭を下げた。

「えっ。あっ、いえ、その。よろしくお願いします、店長さん」

しまった。自分のほうから先にあいさつするべきだったのに。そう思いつつあわてて小鳥もぺこりと頭を下げた。

伊織はくすっと笑うと、

「店長、っていう呼ばれ方は、あんまり慣れてなくてくすぐったいから、星名とでも呼んで」

と言った。

「でも、星名くんとごっちゃになってややこしいし……。あの、じゃあ、伊織さん、と呼んでもいいですか?」

かまいませんよ、と伊織はほほえんだ。

「それから、これ。用意しておきました。野宮《のみや》さんのです」

差しだされたのは、チョコレートブラウンの、カフェエプロン。

おずおずと、手に取る。

「私の……」

うれしい。私の、エプロン。みんなとおそろいの。このカフェのスタッフの証《あかし》……。

じんわりとこみあげるうれしさをかみしめていたら、

「おい、早くそれつけろよ」

厨房のほうから声が飛んできた。見ると、星名新！

「忙しくなる前にいろいろ教えるから」

「教える、って。星名くんが？」

「しょうがねーだろ、これも仕事だし」

新はため息をつくと、

「エプロンつけたらタイムカード押してこい。それから、念入りに手洗いしろ。用意できたら来い」

と、言いはなった。なんで伊織さんでも玲人さんでもなく、星名新に教わらなきゃいけないんだ。すごい上から目線だし、私のことをいびって追いだす作戦じゃないよね？と、小鳥はいぶかしんだ。だけど。

「じゃ、野宮さん、がんばってね」

伊織に笑顔を向けられて、小鳥は反射的に「はいっ！」と返事をした。

がんばりますとも！

今、店内にいるお客さんは、いかにもママ友同士、といった感じの女性ふたり組に、仕事の休憩中っぽい雰囲気のスーツの男性。そして、ノートパソコンを開いてうなっている若い男性。学校のレポートかなにかをしているのかもしれない。

「まず、テーブル番号を覚えろ。ドア近く、ショーケースの後ろの四人掛けテーブルが一」

ママ友コンビがいるのが一番、か。小鳥はあわててメモをとった。

「反対側、本棚のそばの四人掛けが二、角の二人掛けが三、そのとなりが四」

なるほど。私のお気に入りの席は四番なわけね、と小鳥は思った。今はパソコン作業中の学生さんがいる。

「あと、カウンターな。向かって右から一、二、三、四」

新はてきぱきと説明した。

「覚えたか？」

「えっと……。な、なんとか」

「ま、実際に注文とって配膳《はいぜん》して、ってやってたら、いやでも頭に入ると思う」

「う、うん」

するとさっそく、厨房に引っこんでいた伊織がのれんの奥から顔をのぞかせた。

「三番さんに、オムライスお願いね」

「は、はい」

三番。あのサラリーマン風男性のテーブルだ。こんな時間にオムライス……。お昼を食べそこねていたのかもしれない。

「ちょうどいい。運んでみるか？」

「やってみる」

「お待たせしましたオムライスです、と言いそえるように」

「わかってるし」

幼稚園児じゃあるまいし、いちいち言われなくともそのぐらいわかる。

ほかほかと湯気のたつオムライスとミニサラダをトレイに載せ、カウンターを出る。

めちゃくちゃおいしそうなオムライス。半熟に焼きあがったたまごがふるふる揺れている。大事に届けねば。

錆《さ》びついたロボットのようにぎくしゃくとトレイを運ぶと、スーツの男性の前にオムライスとミニサラダとカトラリーケースを置いた。

「お待たせしましたオムライスです」

にこっ。と、笑ったつもり、だった。

トレイを持って戻ると、新が冷ややかな目をして腕組みしている。

「硬すぎ。そんな緊張することじゃねーだろ」

「べつにそんなにあがってないし」

「笑顔が不自然。ひきつってるんだよ。あと歩き方が変」

「へ、変……！」

まったく自覚がないんだけど、どこがどんなふうに変？　と、聞こうとしたところで。

ドアベルが鳴り、若い夫婦と三歳ぐらいの女の子の、ファミリーのお客さんが入ってきた。

「いらっしゃいませ！」

小鳥は明るく声をはりあげた。瞬間、「声でかすぎ」と新がつっこみを入れる。

「毛筆のポエムがいっぱい貼ってあるラーメン屋か。お客さん、引くだろ」

「おかしいなあ。そんな声張ったつもりは……」

さては、昔部活で声を張りあげまくっていたときの習慣が無意識に出てしまったのか。

「今から席にご案内するから。小さいお子さんいるから、野宮はキッズチェア持ってきて」

「は、はい」

住宅街のなかにあるということで、この店には子連れのお客さんも多く訪れるので、小さい子ども用の椅子《いす》が本棚の横に置いてある。本棚には子ども向けの絵本も並んでいる。

つぎに、お冷《ひ》やを運んで注文をとる。グラスやコースターが棚のどこにあるか、製氷機はどれか、注文票はどこにあるか、さくさくと新は説明した。

そのあと、ママ友コンビが席を立ってお会計をしに来たけど、レジはまだ教えてもらえなかった。

小鳥は片づけに回る。空いた時間があれば、カウンター裏の流しで洗い物をするように、とも言われた。

そうこうしているうちに、次々にお客さんが来て、店がにぎわいはじめた。

午後はゆったりとデザートと珈琲を楽しむお客様、夕方以降は食事をしに来るお客さんがメインになる。小鳥は不慣れながらもあくせくと注文をとる。

くるくると動きまわってちゃかちゃかとお皿やカップを洗って。あっという間に閉店時間になった。

「お疲れ様でした」

へとへとになってカウンターの椅子に座りこんだ小鳥を、伊織がねぎらった。

昔は毎日部活できつい練習メニューをこなしていたのに、こんなに体力が落ちたのかとショックだった。

「この程度でぐったりしててどうするんだよ。情けねーな」

ため息まじりにぼやく新を、きっ、とにらむ。

まあまあ、と伊織が苦笑した。

「たぶん、失敗しちゃいけないって気を張っていたから、余計疲れているんだと思うよ」

よくがんばりました、と、伊織は小鳥にほほえみかけた。

ことん、と心臓が鳴った。まただ、と思った。

この、ふわっと体温が上がる感じ。この感じ……。

「おい。なにぼけっとしてるんだよ」

新の言葉で、しゃぼん玉がはじけるように、小鳥を包んでいたやわらかい気持ちは吹きとんでいった。

「今からドレッシングとカスター補充だからな。それが終わったら掃除」

「なんなの偉そうに」

「嫌ならやめろ」

「ぜっっったいにやめないから」

「ふたりとも、そんなギスギスしないで。今から賄《まかな》いを用意するから、野宮さんは閉店業務までよろしくお願いします。新も、もっと言い方を考えなさい」

たしなめられた新は軽くむっとしている。

一方、小鳥は、「賄い」という単語に心を奪われていた。

賄い、賄い、賄い……！

2

「わあ……っ」

小鳥の目の前にあるのは、ほかほかと湯気のたつ、ふわとろオムライス。

半熟に仕上がった艶《つや》やかなたまごに照明の光が反射してきらきら光っている。オムライスの周りには、ルビーのように真っ赤なトマトソースが敷かれていて、彩《いろど》りに、みずみずしいバジルの葉が添えられていた。あの庭で育てているのかもしれない。

夕方にスーツの男性が注文したオムライスはソースなしのシンプルなもので、ケチャップが添えてあった。

そのことを指摘すると、

「オムライスは最近追加したメニューなんだよ。ソースのバリエーションを増やそうと思っていて。このトマトソースは、まだ試作品なんだ。もともと、パスタ用に作ったソースなんだけどね」

「はあ……」

なるほど。正式にメニューに採用する前に、賄いでいろいろ試してみるということらしい。

「これからもっとメニューを増やしていきたいと思っているんだ」

伊織は言いそえた。

今、四つ葉カフェのお食事メニューは、サンドイッチやパスタなど、軽めのものがメイン。それに加え、日替わりのランチプレートやディナープレートも出す。これらはお昼時や、夕方から閉店までにオーダーが集中する。

そして、焼き菓子。季節の果物のジャムや野菜ペーストを練りこんだマフィン、パンケーキ、シフォンケーキ。数量限定でテイクアウト用のものも用意している。ほかにも、季節に合わせて、期間限定でいろいろなメニューを出すらしい。たとえば、夏はゼリーやシャーベット、とか。

「ひとりで全部作っているんですか？」

素朴《そぼく》な疑問を口にした。食事メニューからスイーツまで、すべてひとりで準備するとなれば、かなりの重労働だ。

「平日の午前から来てくれている笹井《ささい》くんというひとに、開店前から調理を手伝ってもらっている。新も、普段は厨房を手伝っているんだ。朝の仕込みも一緒にやっている。登校する時間まで一緒に作業してるんだよ」

「へえ……」

それで、朝、いつも眠そうなのか。ひと仕事終えて気が抜けた感じなのかもしれない。

一番テーブルの、小鳥の向かいに座った伊織のとなり、斜め前にいる新をちらっと見やる。新は眉ひとつ動かさずに、「早く食え」とぶっきらぼうに言った。

「では、いただきます」

すっと、たまごにスプーンを入れる。最初のひと匙《さじ》。罪深い瞬間だな、と、ここの料理やスイーツをいただくときに、いつも思う。プレートの上で完成された美しい作品を、割って壊してしまうのだから。

だけど食欲には抗《あらが》えない。スプーンを口に運ぶ。すると、とろけた。

たまごの半熟加減が絶妙なのだ。バターの香りをまとった濃厚なたまごが、甘めのチキンライスとまろやかに絡まりあう。

具のチキンはごろっと大きめで、しっかりお肉を食べているという満足感があるけど、ほかの具——玉ねぎ、ピーマン、人参《にんじん》は細かく切ってあってライスと違和感なく交ざりあっている。ところどころに、ぱりっとこうばしい焦《こ》げ目があって、それがまたうれしい。

「おいしい……」

次は、にんにくの風味のきいた、さわやかな酸味のトマトソースをたっぷりからめて。合う。ケチャップよりかなり酸味のきいたトマトソースだけど、たまごが負けていないどころか、いい塩梅《あんばい》でたがいを引き立てあっている。これは、かなり上質なたまごを使っているにちがいない。たまご自体の色も風味も濃いのだ。

「兄貴、トマトソース、オムライス用に味変えてる？　パスタソースのより酸味が強い」

新はグラスの水を飲みながら、ちらと伊織を見やった。

「若干《じゃっかん》、ね。よくわかったな」

伊織は答えた。

「野宮さんは、どう？」

「もちろん、めちゃくちゃおいしいです。毎日でもいけます」

小鳥は目をきらきらと輝かせた。

「おいしいだけじゃなくって、なんていうか……。優しい？　なつかしい？　そんな感じがします……」

自分のとぼしい語彙力《ごいりょく》がうらめしい。

「ほっとする、っていうか」

小鳥はうーんと眉間《みけん》にしわをよせた。これで伝わってる？

「そっか」

伊織はふうっと息をついた。頬杖をついて、目を細めている。遠くにあるなにかに、思いを馳《は》せているかのような。

「このオムライスはね、亡くなった祖父の味なんだよ」

伊織は静かに語りだした。となりにいる新の眉が、ぴくっと動く。

「もともとこの店は、母方の祖父がやっていてね。素朴で、あったかくて、地域のひとたちに愛されていた」

小鳥はスプーンを置いた。ひざの上に手をのせて、じっと、伊織を見つめる。

「祖父の作る料理や、淹《い》れる珈琲は、どれも、おいしいだけじゃなくて、ほっと落ちつける味だった。僕が祖父のことを大好きだったからそう感じていたのかもしれないけど。でも、目標なんだよ。おいしいだけじゃない、悲しいときもつらいときも忙しいときも、もちろんうれしいことがあったときも。当たり前のようにそこにあって、そっと受けいれてくれる。ほっと落ちつける、そんな味を、空間を、提供すること」

普段は穏やかな伊織の瞳が、熱を帯びている。熱い、光が灯《とも》っている。

小鳥は、その光を、ずっと見つめていた。

「あっ。ごめん、なんか語りすぎてしまった。今の忘れて」

ふいに我に返った伊織が、決まりわるそうに頰を赤らめた。

「聞いてる俺のほうが恥ずかしーわ」

新はそんなふうに茶化すと、米粒ひとつ残さずきれいにたいらげた自分のお皿を下げた。新の頰もほんのり赤く染まっている。

「新」

「なに？」

「野宮さんを家まで送ってあげてくれないかな。遅くなってしまったし」

「いいけど……。まさか、こいつがラストまで働いた日には、俺が毎回送ってくの？」

「できれば」

「あっ！　あの！」

小鳥はあわてて割ってはいった。

「いいです、そんなことまでしてもらわなくても。そんなに遠くないし、自慢じゃないけど私、足速いんでなにかあったらすぐ逃げられるし、腕力もけっこうあるし、いざとなったら殴るとか」

「送るわ」

新はふうっとため息をついた。

「家、遠くないんだったらそんなに負担じゃねーし」

わかったらさっさと食って片づけろ、と、新は小鳥に命じた。


カフェを出ると外はもう暗く、四月とはいえ、夜の空気はひんやりと冷たかった。

静かな住宅街の、家々のオレンジ色の明かりが、夜に溶けだすようににじんでいる。

小鳥のとなりを歩く新は、ずっと黙ったまま。ちょっと怖い、というか気まずい。

重い空気に耐えかねて、小鳥は口を開いた。

「あの、星名くん。今日だけでいいんで。次回からはちゃんとひとりで帰るんで」

「言ったろ。これぐらい負担じゃねーし。伊織兄も、いろいろひどい目にあったからな。いくら近くといっても安心できないんだろう」

「いろいろ……。ひどい目……」

例の、ストーカー化した元従業員とのトラブルのことだろう。

「それより」

新は小鳥をちらと横目で見やった。

「ちょっと気になってたんだけど。野宮って、中学生のころからうちの店に来てた、っつってたよな」

「うん」

それがなにか……？

「いや、そのころ、俺もしょっちゅう入りびたってたし、簡単な手伝いもしてたのに、野宮を一度も見かけたことがないな、と思って」

「しょっちゅう……？」

「ガキのころ。じいちゃんが店やってたときからずっと、だけど」

「そう、なんだ。私は、通いつめたい気持ちはあったけど、お小遣い少ないし、現実的に無理っていうか。だから、時々しか来れなかった。自分へのごほうび的に」

「ふうん。ま、それもそうだな。俺の場合は身内だから」

身内といえば。星名家の、もうひとりの男子の顔が脳裏をよぎった。

「星名くんは、今は四つ葉カフェに住んでるって言ってたよね？　玲人さんも一緒に住んでるの？」

「いや、玲人は大学の近くのマンション借りてひとり暮らししてる」

「そうなんだ。実家が大学から遠いとか？」

「遠くはない」

「へえ。贅沢《ぜいたく》だなあ。家から通える距離なのに、わざわざひとり暮らしなんて」

うちだったら絶対に許してくれないだろうな、と小鳥は思った。家のローンだの学費だので、節約節約と親はカリカリしている。

「ってことは、兄弟三人、実家から出てるんだ」

今しがた気づいたようにつぶやく小鳥に、

「っつーか。そろそろこの話やめてくんない？」

と、新はため息をついた。

しまった、またやってしまった。小鳥はあわてて「ごめん」と謝った。だけど新の表情は硬い。

ひょっとして、家族の話は地雷なのかな……？

昔から、おじいさんのカフェにも、お兄さんのカフェにも入りびたっていた。中学卒業と同時に家を出た。それってまるで、自分の家が……。

ぼんやりと考えていると、新がぴたりと足を止めた。

「野宮、この道どっちに行くの？」

「あっ、ごめん。右に曲がってすぐ」

このあたりは似たような外観の家が並んでいるうえに、道も網目のように入りくんでいるからわかりづらい。

やがて、自宅に着いた。小学生のころ、両親が建売で購入した、とくに個性もない、驚くほど周囲に溶けこんだ、小さな家である。

「ここだから。ほんとに近いでしょ？　わざわざありがとう」

素直に頭を下げる。

新の無愛想な態度はいけすかないけど、一度ならず二度までも、触れてほしくなさそうな話題に首をつっこんでしまったことは、反省していた。

「じゃ、明日は私、十時からなんで。よろしくお願いします」

「ん」

新は小鳥をまっすぐに見据えた。

「野宮。もう一度言うけど、くれぐれも、うちは恋愛禁止だから」

「わかってるから、それは」

「っつーか。絶対に、伊織兄に、そういう感情持つなよ」

伊織兄に？　わざわざ伊織さんを名指しでけん制？

自分の態度が怪しかったんだろうか、と、小鳥は今日のことを振りかえった。

伊織さんのことを意識しているように見えたってこと？　そんなことないと思うけど。

ていうかそもそも、「女子の採用をやめよう」と提案したのって、星名新だったよね？

と、思いあたった。それに、面接のとき、伊織さんめあての女の子を妙に敵視していたし。もしや、星名新って、極度のブラコン？　お兄ちゃん大好きっ子？

「それと！」

いきなり新が声を張ったので、小鳥の肩はびくっとふるえた。

「あんた、笑顔が超不自然だから。いかにも『つくりもの』だから。明日までに『自然な笑顔』ができるように、練習しておけよ」

「そ、そこまで言う？」

「とにかく、宿題だからな」

と言いすてて、新はきびすを返した。

なんなの宿題って。偉そうに。むっとしながらも、以前お店で見た、新のさわやかスマイルを、小鳥は思いだしていた。

あのキラキラした笑顔に騙《だま》されて店に通いつめるお客さんもいるのでは？　もともと顔立ちは整っていて学校でもキャーキャー言われてるぐらいだし。

って。そんなことはどうでもいい。小鳥はぶんぶんと首を横に振った。

キラキラな笑顔、あいつにできて、私にできないはずがない！

にぎりしめたこぶしに、ぐっと力をこめた。

3　ジャムの香りと、雨上がりの庭

1

カフェの庭木のやわらかい緑が、光を受けてきらきら光っている。

窓から入りこむ光で店内は明るく、ランチを楽しむお客さんの笑顔もなごやかで、輝いて見える。

「四番、ツナたまサンドあがりました」

はい、と返事をして、出来立てのサンドイッチの載ったお皿を受けとる。

ツナたまサンドは、ツナとふわふわの炒《い》り卵を手作りマヨネーズであえて、シャキシャキのレタスときゅうり、トマトと一緒にはさんだ、ボリューミーなおかずサンド。断面の彩《いろど》りもはなやかだ。

小鳥《ことり》も食べたことがあるが、マヨネーズが特においしい。酸味がやわらかくて、粒の細かい炒り卵と絡めるとさらにまろやかさが増す。これをそのままパンに塗ってこんがりトーストするだけでも絶対においしいと思う。どんなふうに作っているのか、機会があれば見てみたい。

サンドイッチは出入り口そばのショーケースにも置いているけど、そちらは基本テイクアウト用で、店内召しあがりのものは、注文を受けてから厨房《ちゅうぼう》で作っている。その日仕入れたパンと食材がなくなり次第終了なので、人気のサンドイッチは午前中のうちに売りきれてしまうことも多い。

一緒に注文されたミルクティーは新《あらた》がカウンターで淹《い》れていた。カップもトレイに載せて四番テーブルへ。

「お待たせいたしました。ツナたまサンドとミルクティーです。ごゆっくりどうぞ」

にっこり、ほほえむ。

昨日よりは「自然な笑顔」になっているはずだ。だって、ゆうべたくさん練習したから。

トレイを持ってカウンターへ戻る。ランチタイムの忙しさはピークを過ぎたようで、だいぶ余裕が出てきた。

小鳥はお客さんから見えないようにさっと棚のほうを向いて、小声で「う・い・す・きー」とつぶやいた。

スマホの検索窓に「笑顔　練習」と打ちこんで一番に出てきたのが、「ウイスキー」と唱えて口角を上げる方法だったのだ。夜、鏡に向かって何度も繰りかえした。

こそこそ表情筋を動かしている小鳥を、新がグラスを洗いながら、いぶかしげに見ている。きっとあやしいやつだと思われているにちがいない。

からん、と、ドアベルが鳴る。

「いらっしゃいませ」

見よ、この全力スマイルを！　もう「つくりもの」だなんて言わせない！

「あっ、小鳥ちゃん。がんばってるね」

「玲人《れいと》さん！」

入ってきたのは玲人だった。だけど、ひとりじゃない。

長い髪をポニーテールにまとめた、目鼻立ちのはっきりした、きれいな女のひとと、小学生ぐらいの男の子を連れている。

えっ……、彼女さん？　と、この男の子は……。まさか隠し子？

いやいや、二十歳《はたち》でこんな大きな隠し子はいくらなんでもありえない。じゃあ、彼女さんの息子さん？　バツイチ子持ちのひととつきあってる？　それにしてはすごく若いひとだけど……。

一瞬のうちに、いろんな思いが花火みたいにぽんぽんと脳内に打ちあがる。

玲人たちはカウンター席に座った。

彼女さん？　は、近くで見るとまつげがすごく長くて、目がくりっとしてすごくキュートだ。男の子もアイドルっぽいきれいな顔をしている。目もとがきりっとしていて、だれかに似ているような……。

「新兄ちゃん。おれ、オムライスな！　大盛りで！」

男の子がいきなりそんなことを言ったので、小鳥はぎょっとした。新、兄ちゃん……？

新は、「おう。了解」と、いたって普通に答えた。そして、

「雪乃《ゆきの》さんは？」

と、ポニテ美女に向かって聞いた。

「私は春キャベツと厚切りベーコンのパスタ。それとカフェオレ、食後でお願いね」

「了解」

にっ、と新は笑う。なに、この心を許した感のある笑顔は。こんなの初めて見るんだけど。

「っつーか俺には聞かないのかよ」

玲人がぶうたれるけど新はさくっと無視。雪乃と呼ばれた女性はくすくす笑っている。

わけがわからなくてぽかんと口を開けている小鳥に、玲人がいたずらっぽく笑った。

「びっくりした？　俺たちほんとは四兄弟なの。こいつが末っ子の旺太郎《おうたろう》」

　と、小学生男子の頭を手のひらで押さえる。

「んで、このひとは、雪乃さん。兄貴と同級生なんだよ。店の前でばったり会ったんだ」

「はじめまして。坂下《さかした》雪乃です。会社員しながら、アクセサリー作って売ってます」

　と、雪乃は自分のショップカードを小鳥に渡した。かすれたスタンプで〝Snowdrop〟とある。これと同じタグを知っている。

「あの、ここに置いてあるアクセって、もしかして」

「そう。委託販売させてもらってるんだ。メインはネット販売やイベントなんだけどね、委託先も増やせていけたらなって」

　明るくはきはきと雪乃は答えた。ふうん、伊織《いおり》さんの同級生……。

「おれさー。オムライス、カレー味のやつがいい。前に伊織兄ちゃんが作ってくれたんだけどめっちゃうまかった」

　旺太郎が言う。小鳥はまじまじと見つめてしまう。そして気づいた。

　この子、星名《ほしな》新に似ているんだ。

「旺太郎君、いま、何年生？」

「五年になったばっかだよ」

「へえ。お兄ちゃんたちと、結構年が離れてるんだね」

「まーね。おれだけ母親ちがうから」

「へえー。って、ええっ？」

あまりにさらりと旺太郎が言ってのけるものだから、小鳥もさらっと受けながしそうになってしまった。

「おい。野宮《のみや》。なにやってんだ。早くバッシング行ってこい」

ぎろっと新ににらまれる。見ると、二番テーブルのお客さんが席を立っているところだった。

「俺はこのあと厨房のヘルプに入るから。さぼってねーで、ひとりでちゃんとやれよ？」

そう告げると、新はレジに向かった。

ぐっ……。さぼってないし。歯がみしながらテーブルバッシング――片づけ、をする。

トレイに重ねた食器を置いてテーブルを拭く。

母親がちがうのか。そうか。お父さんの再婚相手との子どもってことかな？

ちょっとびっくりしたけど、ひとにはそれぞれ事情があるし、兄弟仲はよさそうだから
それなりにうまくやってるんだろう。

でも、星名新は、家族の話になると決まって不機嫌になる。触れてほしくないみたいだ。

それは、もしかして、新しいお母さんと関係がある?

「……せん。すみません」

はっとした。話しかけられている。

「はい!」

振りかえると、となりのテーブルの女性が呼んでいる。

「珈琲《コーヒー》のおかわり、もらえますか?」

その声にはわずかにトゲが生えていた。

「は、はい。承知しました」

——しまった、ぼうっとしていてお客さんの声かけに気づかなかった。お客さんを苛《いら》つかせてしまった。

あわててオーダーを伝えに行こうとしたところで、テーブルに置いていたトレイに手が当たって、ひっくり返してしまった。

つんざくような破壊音とともに、カップが割れて砕けちる。カフェを包んでいたやわらかな空気の膜が、一瞬で破れてしまう。

小鳥は血の気が引く思いで、割れたカップを拾いあつめた。と、指先に擦《こす》れたような痛みが走る。見ると、血がにじんでいた。

すぐさま、新が駆けつけた。モップと塵取《ちりと》りを持っている。

新は、となりのテーブルのお客さんに、

「申し訳ありません。お怪我《けが》はございませんか？」

と、頭を下げた。

「あ、いえ。大丈夫です。ちょっとびっくりしただけで……。その、珈琲のおかわりを頼んだんですけど」

「はい、直《ただ》ちに」

新はカップの片づけを続けている小鳥に、

「ここは、俺が片づけるから。野宮は伊織兄にオーダー伝えて」

「う、うん。その、ごめんなさい」

「ごめんなさい、は、真っ先にお客様に言うべき言葉だろ？　それより早く珈琲」

「はい」

「それと。野宮はもう引っこんでろ。なにもするな。わかったな？」

「………はい」

涙が出そうだった。

ぐっとこらえてカウンター奥に戻ると、伊織に今しがた受けたおかわりのオーダーを伝えた。新は慎重に大きな破片を拾うと、モップで細かい破片を片づけ、手際よく、かつ念入りに床を清掃している。

珈琲を淹れおえた伊織が、うつむいている小鳥に、

「だれだって失敗はあるよ。ほら、淹れたてのおかわりを、お客様にお届けして」

と、にっこり笑った。

「でも。星名くんが私に、もう引っこんでろ、なにもするな、って」

悔しいけど、なにも言いかえせなかった。

考え事、それも新のプライバシーを探るようなこと――をしてお客さんの声に気づかなかったことも、やらかしたあと、真っ先にお客さんに謝れなかったことも。すべて自分が悪い。

伊織はなにも言わず、自分で珈琲を運んだ。

入れかわるように、新が片づけを終えて戻ってくる。

カウンターで一連のやりとりを黙って見ていた玲人に、

「俺、ちょっと上に行ってくるから。もし忙しくなってきたらヘルプ入ってくんね？」

と告げる。

「え？　でも、小鳥ちゃんいるのに」

「ああ。こいつは無理だから」

その言葉を聞いたとたん、小鳥は悔しさで真っ赤になった。無理。それって、もう見放されたってこと？

だけど、新が上――二階の自宅スペースに通じる階段は、店の奥、お手洗いのとなりにある――に戻っている間、伊織がひとりで調理からホールまで流れるようにこなした。いたたまれなかった。なにもするなと言われたこと、無理だと言われたこと。

所在なく立ちすくんでいると、指先にじんじんと痛みを感じて、見ると、さっき切った傷から赤い血がひとすじ流れていた。

指を切ったことなんて、すっかり忘れていた。

「野宮」

新の声がして、びくっと肩がはねた。

「なにやってんだ。それ、早く洗いながせ」

と言って、流しの蛇口《じゃぐち》をきゅっとひねる。新は小さな救急箱を手にしていた。

「わ、私、ケガしたこと、すっかり忘れてて」

「アホなのか？　あんた」

新はため息をつくと、洗った傷口にさっと消毒液を塗った。

「家で使ってるやつで悪いけど。ここにはあいにく置いてなくて。今度から常備すべきだな」

「へ、平気だよ、これぐらい」

新が、小鳥の傷口に絆創膏《ばんそうこう》を巻きつける。わずかに触れた新の指先は、ひんやりと冷たい。どきりとして、反射的に指を引っこめようとしてしまう。

「あのな、食べ物扱う店だぞ？　食器やテーブルに血がついたらどうすんだよ。今日は洗い物はするな。傷が開いてまた血が出るからな。それと、これ」

差しだされたのは、替えのカフェエプロン。

「俺のだけど、洗濯したてだから。とりあえずこれに替えろ。それでお客さんの前に出ちゃダメだ」

そう言われて初めて、自分のエプロンに、カップを割ったときに散ったしぶきがかかって点々と染みになっていることに気づいた。

「あの、星名くん。ひょっとして、私になにもするなって言ったのは……」

手を切って血が出ていたから。エプロンが汚れてしまったから。だから？　無理だと言った？

「新。カウンターにパスタとオムライス」

厨房から伊織の声。すぐに新は向かった。

小鳥はさっとエプロンを新しいものに替えた。しっかりしなくちゃ。きゅっと唇を引きむすんで、顔を上げると、カウンター席の玲人が頬杖《ほおづえ》をついてにやにやと小鳥を見ている。

「な、なんですか？」

「俺ね、オーダーまだだったんだ。厚切りバタートーストとシーザーサラダ、それとブレンドコーヒーね、食後じゃなくて一緒に持ってきて」

「は、はい」

「トースト、シンプルだけどうまいから。小鳥ちゃんも一回食べさせてもらいなよ」

玲人はにっこり笑う。

「ここのパンね、森嶋《もりしま》ベーカリーってとこのを仕入れてんだけど。じいちゃんの代からのつきあいでさ。ベーカリーも、兄貴と同世代のオーナーに代替わりしてて。四《よ》つ葉《ば》用のパンは兄貴と共同開発して作ったんだよ」

「へえ……」

そうだったのか。そのパン屋さん、ぜひとも行ってみたい。あとで場所を教えてもらおうか、などと思っていると、

「お待たせしました。春キャベツのパスタ、それからオムライスです」

新が雪乃の前にパスタを、旺太郎の前にオムライスを置いた。

「カレー味の、な」

新が旺太郎にこっそりささやく。

「やった。ありがと兄ちゃん！」

「今のところ、旺太郎限定だからな？」

新はいたずらっぽい笑みを浮かべた。これまで小鳥が見たことのない顔。いとおしさがあふれでている。母親のちがう、弟への。

ふう、ん。

小鳥は、新に絆創膏を巻いてもらった指を見つめた。

「おい、野宮」

不意打ちのように新の声が飛んできて、どきりとしてしまう。

「なっ、なに？」

「ぼけっとつっ立ってないで、テーブル回ってお冷《ひ》やのおかわり注ぐとかしろよ」

「えっ、いいの？　私、働いても」

「手当ては済んだんだから、給料分は働いてもらうに決まってんだろ」

新はため息まじりにそう言った。

「小鳥ちゃーん。早く俺のバタートーストー」

玲人が甘えた声を出す。

「は、はい！　今すぐに！」

小鳥は手早く注文票に書きこむと、厨房の伊織に、オーダーを伝えに行った。

2

週明け、月曜日。朝から雨が降っていて、教室中にぬるい湿気が充満している。

新に借りたエプロンは、日曜日に洗ってきれいにアイロンをかけた。丁寧《ていねい》にたたんで紙袋に入れ、学校に持ってきていた。

小鳥の次のバイトは木曜日。それまで、新だって替えのエプロンがないと困るに決まっている。学校のやつらには言うなよと言われていたけど、今日は店休日なので学校で返すしかない。

しかし、どのタイミングで渡そう。うっかりだれかに見られたら、この間のようにあることないこと言われかねない。

授業中、頬杖をついて数学のテキストを解いている新を、横目でちらちら見やる。

小鳥は、四つ折りにしたメモを、えいやっと新の机に置いた。エプロン返したいんだけど、とだけ書いてある。

メモを見た新は、まったく表情を動かさず、自分のノートの端をぴっと千切《ちぎ》り、ささっとなにかを書きつけて、小鳥の席にすっと置いた。

今日、店に持ってきてくれればいい。店休日だけど、伊織兄が作業してる。

と、あった。

伊織、の文字を見たとたん、小鳥の心臓ははねた。

店休日、なんの作業をしているんだろう。仕込み的ななにか？　お庭の手入れ？

お客さんのいない四つ葉カフェで、ひとり仕事をする伊織の様子を垣間見ることができると思うと、なぜだかふわふわと浮きたつような心地がした。

「問一、寺田《てらだ》。問二、風間《かざま》。問三、野宮。黒板に式と解を書くこと」

放課後、楽しみ。教室の窓ガラスを伝う雨粒が、真珠みたいにきらめいて見える。

「問三、野宮」

そういえば、雨の日にカフェに行ったこと、ないなあ。

「野宮！」

先生が語気を強めて、ようやく小鳥は我に返った。なに？　呼ばれてる？

「なにをにやにやしてるんだ。問三」

やば。当たってたんだ。何ページのどの問三なんだかさっぱりわからなかったけど、とりあえず席を立った。

新は、頬杖をついたまま、そんな小鳥をじっと見ていた。

放課後には、雨はだいぶ勢いを落として、しとしとと小降りになっていた。

いつもだったら麻友《まゆ》が一緒に帰ろうと声をかけてくれるんだけど、今日は用事があるとかで、先に教室を出てどこかへ行ってしまった。

そういえば麻友、この前なにか言いたげだったな、と思いだす。少し引っかかった。明日、聞いてみよう。

校舎を出て、傘をひらく。どこにでも売っている、そっけない透明なビニール傘。もう少しかわいいものを買おうかな、なんて、柄《がら》でもないことを考える。

水たまりを踏まないように気をつけながら、小鳥はカフェに向かって歩いていった。

雨に濡《ぬ》れた新しい緑が、普段より色濃くにおう午後。ひっそりとたたずむカフェのドアに手をかけると、すっと開いた。

ドアベルが鳴る。とたんに、ふわっと甘ずっぱい香り。いつもとちがう、この香り。

これは……、いちご？

と、伊織があわてて厨房の奥から現れた。

「申し訳ありません、本日は店休日で……、って、野宮さん」

小鳥に気づくと、めがねの奥の目をまるくした。

「すみません、お休みの日に。あの、これ、エプロン。この間、星名くんに借りてて」

エプロンの入った紙袋を差しだした。

「学校で返そうとしたら、お店に持ってきて、って」

伊織は紙袋を受けとると、やれやれと苦笑した。

「わざわざごめんね。あいつ、この店のことは秘密にしてるらしいからなあ。バイトのことも、住んでることも。これぐらい学校で受けとればいいのに、警戒しすぎだろう」

「あの。どうして星名くんは、お店のことを黙ってるんですか？　宣伝したりすればいいのに」

というか、自分だったら自慢する。

「クラスメイトが冷やかしに来たりするのが嫌なんだろう」

「なるほど……。星名くん、すごく女子にもてるから。彼めあての女子高生が殺到しても困りますもんね。カフェの落ちついた雰囲気が崩れちゃうし」

小鳥がそう返すと、伊織はぷっと噴きだした。

「殺到するほど人気あるの？」

「みんな、噂《うわさ》してます。すごいかっこいい新入生がいるって、上級生が教室まで見に来たり」

へえーっ、と、伊織はますますおもしろがっている。

「あの。それより、この、甘いにおいはなんなんですか？　いちごみたいな……」

お店じゅうに満ちているのだ。心なしか、目の前にいる伊織からも、ほんのりと甘い香りが漂っているような。

「その通り。いちごだよ」

と、伊織はほほえんだ。

「野宮さん、今おなかすいてない？」

「えっ？　すいて……ます」

「ちょっとカウンターに座って待ってて」

小鳥は、言われた通り、カウンター席にちょこんと座って、厨房に引っこんだ伊織がふたたび現れるのを待った。しばらくして、

「どうぞ、試食してみて」

と、パンケーキのお皿を小鳥の目の前に置いた。パンケーキには、ホイップクリームと、真っ赤ないちごジャムが添えられている。

「今日はいちごジャムを煮ていたんだよ。ちょうどストックがなくなりかけていたしね。契約農家さんから、市場に出せない規格外のいちごをたくさん、安く仕入れたんだ」

「いいんですか、これ、食べても」

「どうぞ。味見して、感想を聞かせて」

試食、か……。あの雪の日もそうだった。試作品のマフィンを出してくれた。あのときはかぼちゃだったけど、今はいちご。春、なんだ。

パンケーキにフォークを差しいれる。ふんわりとふくらんだ生地に、いちごジャムをたっぷりからめて。口に運べば、甘くて、ほんのちょっとだけ、すっぱくて。スポンジケーキのようにきめの細かいパンケーキは口のなかでふわっとほどける。

「おいしい。合う」

「そう？　甘すぎない？」

「ちょうどいいです。私は好きです。手作りのジャムって、こんなにおいしいんですね」

市販のものより色鮮やかで、ルビーのように艶《つや》めいている。ごろっと、いちごの粒のかたちも残っていて、食感も楽しい。

「素材がいいからね。ここの農園のいちごは、本当に甘いんだよ」

「たしかに、いちごサンドを食べたとき、びっくりしました。大きいし、あんなに甘いいちごは初めてかも」

「でしょ？」

伊織はにっこり笑った。

ふわふわクリームにはさまれたフレッシュないちごもいいけれど、煮詰めたいちごのとろりとした深い甘さも、いい。素材の素晴らしさはもちろんのこと、そのよさを引き出しているのはほかでもない伊織さんの腕だ、と、小鳥は思った。

「このジャムも、お菓子に使うんですか？」

「もちろん。五月いっぱいは出せるかな？　フレンチトーストに添えたり、サンドイッチにしたり、マフィンの生地に混ぜこんだり。春はいちご尽くしだね」

「マフィン……」

小鳥はフォークを置いた。思いきって、聞いてみようか。あの日のこと。

伊織はカウンターで珈琲を淹れている。

豆を挽《ひ》いて、ドリッパーに、数回に分けて、少しずつお湯を注《そそ》ぐ。そのたびに、ふうわりと、ほろ苦い香りが立ちのぼった。

「あの。私、初めてここに来た日。伊織さんにマフィンを出してもらったんですけど」

伊織はカウンターを出て、淹れたての珈琲を小鳥のもとへ運んだ。小鳥のとなりに腰かけると、自《みずか》らも珈琲を口に含む。

「あれって、ほんとに試作品だったんですか？　ひょっとして、私が、その、泣いてたから……」

ことん、と、伊織はカップを置いた。

「実を言うとね、ちがうんだ。あれは、冬季限定でお客様にお出ししていたスイーツでね」

決まりわるそうに、伊織は苦笑した。

やっぱり……。試作品だと言えば、遠慮なく食べてくれるだろうという気遣いだったんだ。

「ずっと気になってたんだよ。余計なことをしてしまったんじゃないか、って」

小鳥はそっと、となりにいる伊織の表情をぬすみ見た。珈琲の湯気で、めがねの端っこがうっすらと曇《くも》っている。

「きみがただならぬ様子だったのには、最初から気づいていて。なにかつらいことがあったんだろう、だけどなんと言葉をかけていいかわからない。そもそも、通りすがりの店員が、言葉なんてかけるべきじゃない、そっとしておいてあげるべきなのかもしれないとも思ったけど」

小鳥は、じっと、伊織の言葉を待っていた。ひざの上に、にぎりしめた両手を置いて。

「結局、黙ってられなかったんだ。そのときほかにお客さんがいなかったのもあって。でも、冷静に考えれば、出されたほうはびっくりするよね？　気持ち悪いかもしれない。いきなり試作品をどうぞ、だなんて」

伊織の頰が、ほんのり赤く染まっていることに、小鳥は気づいた。

「だから、またきみが店に来てくれたときには、ほっとしたんだよ。しかも、バイトの面接にまで来てくれて。あのときのマフィンのことも、あんなふうに思ってくれてたなんて。祖父から引きついで、この店を始めて、本当によかった」

かみしめるように、伊織は語った。

胸がじんわりと熱くなる。

――私こそ……、このお店に出会えて、よかった。

熱くなった胸を思わず押さえると、とくとくと心臓が鳴っている。とくとく、とくとく。いつもよりせわしく、大きく響いていて、そして、なぜか少し苦しい。苦しいのに、……ほのかに甘い。

――なに、これ。この感じ。

小鳥は珈琲を飲んだ。普段ここで頼むのはミルクたっぷりのカフェオレだし、家で飲む珈琲にもミルクと砂糖を入れる。だけど今は、なにも入れない。混ぜない。

この苦みが、心地いい。

「ところで、野宮さん」

「は、はいっ」

呼ばれると、ふたたび心臓がはねる。いったいどうしてしまったんだろう。小鳥はまっすぐに伊織の顔を見ることができない。

「新とは、うまくやっていけそう？」

「え？　星名くんと？」

いきなり話題がころっと変わった。

「あいつ、口が悪いっていうか。結構当たりがきついからね。女子を採用することにもさいごまで反対していたし。それで、野宮さんにも必要以上に厳しくしてるんだと思う」

「えっと……。それは、私にも悪いところがありまして」

触れてほしくなさそうな「家族」の話にうっかり踏みこんでしまいそうになった。しかも、何度も。

「それに、星名くん、たしかに厳しいけど。実は、そんなに悪いひとじゃないのかも……、とも思うし」

絆創膏を巻いてくれたこと、エプロンを貸してくれたこと。弟さんに見せていた屈託のない笑顔。

「学校では無愛想っていうか、鉄仮面って感じですけど」

お客さんの前では素敵スマイルなのに。というか……、どっちが素なんだろう、と小鳥はふと思った。笑ってる顔と、仏頂面《ぶっちょうづら》と。どちらが仮面？

「小さいころは素直だったんだけどね」

伊織は珈琲をひと口、飲んだ。

「新を見ていると、昔の自分を思いだす。僕が辿《たど》ってきた道を、そのままなぞっているみたいに見えて、放っておけない」

ふうっと長い息をついて、伊織はカップから立ちのぼる湯気を見つめている。その瞳は、どこか遠いところをさまよっているみたいに見える。

なにも言えなくて、小鳥は珈琲を飲みほした。パンケーキのお皿は、とっくに空になっている。

「ごめんね、こんな話。長々と引きとめてしまってすまない」

「いえ。その、星名くんは、まだ」

「今日は実家に寄らなきゃいけないって言ってたから、遅くなるかもしれない」

実家、か。自分には馴染《なじ》みのない言葉だ。だって、まだ実家以外に「家」なんてないから。

さて、と、伊織は席を立った。うーんと伸びをして、「休憩、終わり」とつぶやく。

「そろそろ買いだしに……」

そこでいきなり伊織は言葉を切った。

「どうしたんですか?」

「雨、あがったみたいだ」

ほら、と伊織がテラス窓のほうを指さす。

小鳥は思わず立ちあがって、窓辺に駆けよった。

雲の切れ間から差しこむ光が、庭を照らしている。木々の緑や、草花の葉がまとった雨粒に反射して、ビーズのようにきらめいている。

「庭、出てみる?」

「いいんですか?」

伊織はテラス窓を開けた。

とたんに、さらりとした風が舞いこむ。萌《も》えでた若草と、ハーブと、甘やかな花のにおい。

みずみずしい葉を茂らせた桂《かつら》やヤマボウシ、シマトネリコの枝がそよぎ、地面や鉢《はち》にはラベンダーやカモミールなどのハーブや、パンジーやアリッサムなど、季節の花が咲きみだれ、塀には白いつるバラが伝っている。

「いずれはここに小さなデッキを作って、テラス席を設けたいと思っているんだよ」

「わあ……。いいですね、それ」

庭に出てもいいとは言われたけど、一歩でも踏みこんだら、この絵本のような小さな美しい世界を壊してしまう気がして、小鳥は窓に手をかけたまま、ずっと見ていた。

「庭が喜んでいるね」

伊織は目を細めた。

その穏やかな横顔を、小鳥は、こっそりとぬすみ見た。

あのとき。あの、冬の日。凍っていた私の心を溶かしたもの。

もしかしたら、それは。このひとの、優しいまなざし——。

4　小鳥のピアスと女子高生

1

頬杖《ほおづえ》をついてため息をつく。

英語教師がテキストを長々と読みあげるのを聞きながしながら、もうすぐ五月だなあ、と、ぼんやり思った。

四《よ》つ葉《ば》カフェは、もちろんゴールデンウィークも営業する。学校が休みなので、小鳥《ことり》もシフトに入る予定だ。たくさん働きたい。今だって、授業なんてほっぽりだして、すぐにでもあの店に飛んでいきたいぐらい。

雨上がりの庭を眺めていた伊織《いおり》の横顔が、頭から離れないのだ。胸のなかに大きなかたまりが生まれて、それがつっかえて、ため息ばかりこぼれ出る。

なぜだろう、とくに不安に思っていることや、思いなやんでいることがあるわけじゃない。ただ、伊織のことを思いだしているだけなのに。

ぼんやりしているうちに、いつの間にか授業は終わっていた。もう昼休みだ。

麻友《まゆ》と佳苗《かなえ》、ミキの三人は購買にパンを買いに行ったけど、小鳥はいつものお気に入りのプリンを買いに行く気分にもなれなくて、残って待っていた。

ちらっと新《あらた》のほうを見ると、自分の席でサンドイッチを食べている。登校前に、仕込みや開店準備を手伝っているということだったから、きっとあのサンドイッチもそのときに用意したんだろう。

ふいに、目が合った。瞬間、新はむっと顔をしかめる。

まじで感じ悪い。小鳥は頰杖をついてむくれた。

わらわらと、新のまわりに数人の男子生徒が寄ってきた。

「いつも思ってたんだけど、すげーうまそうだよな、それ。どこの？」

「自分で作ってる」

「まじで？　俺にも作ってよ！」

「やだね」

カフェに来れば食べられるのに、と、小鳥は思った。ちょっとだけ優越感。

私はいつも食べてるもんね、すっごくおいしいんだから、四つ葉カフェのサンドイッチ。

パンにも、フルーツにも、野菜にも、マヨネーズにも。すべてに、伊織さんのこだわりがぎゅっと詰まっていて……。

と、また伊織のことを思いだしてどきっとしてしまう。

「お待たせー。ごめんね、購買、混んでて」

戻ってきた麻友たちに話しかけられた。その拍子に我に返って、びくっと肩がはねる。

「どうしたの？　そんなにびっくりしちゃって。ていうか、変じゃない？　今日の小鳥」

麻友が首をかしげる。

「ずっとぼーっとしてるし。うわの空っていうか」

「え？　いや、そんなことは……」

ないとは言いきれない。

「その調子じゃ、野宮《のみや》ちゃん、麻友ちゃんに彼氏ができたことにも気づいてないんじゃない？」

佳苗が言った。さらっと、なんだかすごいことを。

麻友に、彼氏……？

麻友は頬を赤く染めて、えへへっと笑った。

「実は、ね。多田《ただ》くんに告白して、ＯＫもらったんだ」

「え、ええーっ？」

自分から告白するなんて、麻友がそんな積極的な行動に出るとは。

「だって、黙って見ているだけじゃ、なにも始まらないし。後悔したくないから、ふられる覚悟で、思いきって言ってみたんだ」

麻友の目はきらきらと輝いている。

「ていうかこの間からなにか私に言いたげだったのって、このことだったんだね」

用事があるって言って先に帰ってたのも、多田くんと会うためだったのか。

麻友はこくんとうなずいた。

「話したかったんだけど、小鳥はバイトで忙しそうだったし、ちょっと照れくさいのもあって」

「あ……。ごめんね、私、自分のことで頭がいっぱいで」

今回はうれしい報告だったからよかったけど、もしこれが、なにか深刻な悩みがあって相談したい、とか、そういうことだったらと思うと。気づかなかった自分が情けない。

麻友は、中学時代、部活の友達が離れていっても変わらない態度で接してくれた、大事な友達なのだ。

「いいよべつに。それよりごはん食べよ？」

麻友は購買で買ったパンと紙パック入りのジュースを机に広げた。見た目がかわいくなっただけじゃなく、性格まで明るくなったみたいだ。これが恋のちからってやつか……。

お弁当箱を開いて食べはじめる。ミニトマトに箸《はし》を伸ばしたところで、

「小鳥は告白しないの？」

と、いきなり矛先《ほこさき》を向けられた。

「私が？　だれに？」

「小鳥は否定してたけど、その、やっぱり好きなんじゃないのかなーって。最近妙に物思いにふけってるのも、そのせいなんじゃないかって」

麻友はちらちらと星名《ほしな》新に視線を送っている。

「いやいやいやいや。ほんとにやめて。ちがうから」

一度受けた誤解をとくのは難しい。頭が痛くなってきた。

「じゃあ、だれ？」

「だれって……」

瞬間、脳裏に浮かんだのは、伊織の横顔だった。ちょっと待って。それもちがうってば。

うっかりミニトマトを丸呑《まるの》みしそうになって、あわててお茶を飲む。

「そのあわてよう、ますますあやしい」

ミキが身を乗りだす。

「真っ赤になってるし」

そんなことあるわけない。思わず自分の頬に手をやると、びっくりするほど熱かった。

「いやいやいやいや。ありえないしほんとに。っていうか絶対ダメだし」

「絶対……ダメ？」

麻友が声のトーンを落とした。

「なにそれ。まさか禁断の」

佳苗がいぶかしげに眉を寄せる。小鳥はぶんぶんと首を横に振った。

「そ、そういうあやしいのじゃなくって。わけは話せないけど、好きになっちゃダメなひとなんだ。っていうか、そもそも好きじゃないから。いや、ひととしては好きだけど。ラブじゃなくて、ライクね、ライク」

自分でもなにを言っているかわからなくなってきた。

だけどほんとに、今の自分の感情は、単なる憧《あこが》れをちょっとこじらせた状態で。

麻友たちが言うような「好き」とは、断じてちがう。ちがうと言ったらちがうのだ。

「素直じゃないんだな、小鳥って」

麻友が小さくため息をついた。

「そんなに必死に言い訳してる時点で、もう手遅れなんだよ」

カレシ持ちは言うことがひと味ちがいますなあ、と、佳苗が麻友を小突く。

ふざけてじゃれあっている二人をよそに、小鳥の頭のなかでは、麻友の放った「手遅れ」という一言が、ぐるぐると回っていた。

手遅れ。それって、もう好きになってしまった、ってこと？

これが「好き」っていうことなの？

いや、でも、だって。ていうかダメだし。

絶対に好きにならないって堂々と宣言したくせに、早々にそれを破るなんてありえない。

どうしよう。どうすればいい……？

2

帰宅後、着替えて、とぼとぼと四つ葉カフェに向かった。バイトの開始時間までにはまだ早いけど、家でじっとしていてもしょうがないし。

だけど、どんな顔をして伊織と話せばいいのかわからない。それに、新の前でも、この気持ちを隠しとおさなくてはならない。

——私、ほんとに好きなの？　いつから？　まさか、初めてこのお店に来た、あのときから？

　だったら自分は、ひどいうそつきだ。

　深呼吸をひとつして、思いきってドアを開く。

　カウンターの前で、伊織はだれかと話しているところだった。女のひとの後ろ姿。ポニーテールにした長い黒髪が揺れている。お客さん？　とも、ちょっとちがうような。

「おつかれさま、野宮さん」

　伊織が小鳥に笑顔を向けた。そばにいた女のひとも、振りかえって小鳥に会釈《えしゃく》する。

　あっ……、このひと。小鳥はすぐに思いだした。この間、玲人《れいと》さんと一緒に来ていたひとだ。伊織さんの同級生で、名前は、雪乃《ゆきの》さん。

「こんにちは。野宮小鳥さん、だったよね？　新くんと同級生の」

「は、はい」

「ちょうどよかった。うちのアクセ、見てくれない？　現役女子高生から見てどうなのかなって思って」

　雪乃が小鳥を手招きする。すごく人懐こいひとのようだ。

「雪乃はちょうど、アクセサリーの納品に来ていたんだよ」

　伊織が説明する。雪乃、と、名前を呼びすてにした。瞬間、ちくりと胸にトゲがささる。

いや、同級生ってことは、かなりつきあいが長いはずだし。そりゃ名前で呼びあうよね？　私だって昔からのくされ縁の男子とは名前で呼びあってるし。

などと、ぐちぐちぐちぐち考えてしまう。

「きみのシフト時間までまだあるし、今お客さんも少ないから、ゆっくり雪乃の作品見ていていいよ。もうすぐ新も下りてくるだろうし」

と、伊織は言った。

「気に入ったのがあったら買ってあげれば、雪乃も喜ぶだろうけど」

「ちょっと！　もう、やめてよ、伊織くん。私、そんな押し売りみたいなことする気はないからね？　小鳥ちゃん、ほんと、気を使って買ったりしなくていいから。ちょっと感想を聞きたいだけだから」

雪乃があわてると、伊織はくすくすおかしそうに笑って、カウンターの奥に戻っていった。こんなにくだけた雰囲気の伊織を見るのは初めてだ。

「それでね、小鳥ちゃん。これが新作なんだけど」

「あっ、はい」

レジのとなりに設けられた、小さなディスプレイコーナー。木棚には指輪やヘアゴム、ブレスレットやネックレスなどが並べてあって、そのそばに立てかけられたコルクボードには、ピアスがたくさんピン打ちされている。

　ふと、小さなまるいブローチが目に留まった。

「それはね、くるみボタンに刺繍《ししゅう》をして、ブローチにしているの。おそろいでヘアゴムやヘアピンもあるよ」

「これ、四つ葉ですよね？」

　刺繍は、四つ葉のモチーフ。緑色がグラデーションになるように刺してあって、モチーフはゆるくてキュートなのに、凝《こ》っていて繊細だ。

「そうなの。ここが四つ葉カフェだからね、ここ用に作ったんだ」

　はにかむように、雪乃はほほえんだ。

「ほかにも、ここのお庭の植物をモチーフにしたり……、ここに来るとアイデアがたくさん湧いてくるんだよね」

　雪乃は目を細める。

　このひとも、この場所のことが好きなんだ。そう思うと、小鳥の胸は少しだけ痛んだ。自分よりもよっぽど昔から、深く、ここのことを知っているんだろうと考えてしまったから。

「そうそう。小鳥ちゃんにぴったりのものがあるよ？」

雪乃ははずんだ声をあげると、青いピアスをコルクボードからはずした。

「小鳥モチーフ」

「わあ……。かわいい。それに、色がすごくきれいです。これ、ガラスですか？　どうやって作ってるんですか？」

「紫外線で固まる樹脂《じゅし》を使って作ってるの」

「へえ……」

なんだかよくわからなかったが、小鳥のピアスはすごくきれいだ。アクアマリンのような、光を通すクリアな青に、金色のラメがひかえめに散っている。

「気に入ったなら、あげるけど」

「えっ！　いいですそんな。それに、私、ピアスの穴、あけてないし」

「これ、ノンホールピアスだから。耳たぶにはさむだけで大丈夫だよ」

「でも、私、こういうの……、かわいいと思うけど……似合わないし」

「そうかな？　似合うと思うけど。サイズも小さくて主張しないし、色がね、小鳥ちゃんの雰囲気に合ってると思う。それに、なんといっても小鳥だし」

ふふっ、と、雪乃は笑った。そして、あっ、と、手で口を押さえた。

「ていうか私、いきなり名前呼びしちゃってた……。ごめんね？　そういうの、いやじゃない？　小鳥って、かわいい名前だからつい呼びたくなっちゃって」

「大丈夫です！」

小鳥はあわてて言った。というか、玲人さんも初対面で当たり前のように小鳥ちゃん呼ばわりしてたし。そっちは正直ちょっと気になったけど、雪乃さんが呼ぶのはぜんぜん、いやな気なんかしない。

雪乃はほっと表情をゆるめた。すごくきれいなひとだけど、それだけじゃない。表情がくるくる変わる、チャーミングなひとだ。

「その。雪乃、も、きれいな名前だと思います」

小鳥はおずおずと告げた。妙に気恥ずかしい。雪乃は「えっ？」と目をまるくした。そして、ふわっとほほえむ。

「ありがとう。でも、名前は上品なのに私自身はこんなだから、名前負けしてるねってよく言われるんだよ。いくつになっても落ちつきがない、って」

へへっと、いたずらっぽく舌を出す雪乃。

小鳥は青いピアスを見つめた。自分にはやっぱり似合わないとは思うけど、でも、見れば見るほどかわいい。

「このピアス、買います」

気づいたら、そう口にしていた。

「えっ？　いいんだよ、無理しなくても。それに、出会った記念にプレゼントするって」

「だめです。手間暇かけて作ったものでしょ？　ちゃんとお金は払います。私だってバイトしてるし、そんなに貧乏じゃありませんから！」

小鳥が胸を張ると、雪乃はぷっと噴きだした。

「いや、そういうことじゃなくって。無理にすすめた感じになっちゃってたらヤだなって」

「そんなことないです。気に入らなかったら買おうなんて思わないし、すすめられてものらりくらりかわします」

小鳥が答えると、雪乃は、小鳥の目をじっと見て、そして。

「わかりました。ありがとうございます」

深々と頭を下げた。

「お支払いは私自身にじゃなくって、ここのレジを通してもらってね」

「はい、わかりました」

とはいえ。小鳥は本当にこういうキュートなアクセとは無縁で生きてきたし、私服もボーイッシュなデザインのものばかり。

まわりのみんながファッションやメイクに興味を持ちはじめ、自分を磨いているときも、小鳥は部活ひとすじ。同級生たちにどんどん遅れをとり、バレー部をやめてからも、今更おしゃれの仕方なんてわからないし、このままでいいと開きなおっていた。

——ひとめぼれして、衝動的に買ってしまったけど。私、あれ、ほんとにつけるのかな？　いつ？　どこで？　学校はもちろんダメだし、ということはここで働くとき？

ふいに、小鳥の脳内に伊織が現れ、「それ、いいじゃない。似合うよ」とほほえんだ。

思わず、ぶんぶんと首を横に振る。うわああ、だめ、だめ、と叫びだしたい気持ち。

雪乃は、「じゃ、私はそろそろ」と、厨房《ちゅうぼう》に声をかけている。

すると奥から伊織が顔を出した。

「珈琲《コーヒー》ぐらい飲んでいけば？」

「ん。じゃ、そうする」

雪乃はカウンター席に座った。小鳥はそんなふたりのやりとりを、ぼんやり見ていた。

——やっぱ、仲いいよな、あのふたり……。

と、いきなり、「おい」と低い声で呼ばれた。振りかえると、背後にいたのは新。

「いつまでさぼってんだよ。今日、四時からだろ？　とっくに過ぎてるし。ちゃんと働けよ」

「は、はい……。すみません」

思わず、しゅるしゅると縮こまった。うっかり時間を忘れていた。それに、小鳥が来たときには店内には雪乃しかいなかったのに、いつの間にかお客さんが増えている。

そんなことにも気づかなかったとは……。店員、失格？

「しおれてる暇があったらさっさとタイムカード押してこい」

「あの。申し訳ないけど、その前にこれ、買ってもいい？」

ピアスを差しだすと、新は黙ってレジを打った。野宮でもこういうの興味あるんだ？

とかなんとか嫌味を言われるかと思ったけど、新はなにも言わなかった。

そのかわり、

「このあとレジ教えるから。エプロンつけて手を洗ったらすぐに声かけろよ」

「う、うん！」

新しい仕事をひとつ、教えてもらえることになった。小鳥のやる気メーターはぎゅいーんと一気に上昇したのだった。

小鳥も接客にだいぶ慣れてきたし、レジ打ちもすぐに覚えたので、新は厨房の補佐と珈琲や紅茶を淹《い》れる仕事を中心にこなし、ホールはほぼ小鳥が任されることになった。

雪乃はカウンター席でゆっくり珈琲を飲んでいる。この間伊織が煮つめていた、いちごジャムを混ぜこんだマフィンと一緒に。

「やっぱりおいしいな、伊織くんのお菓子」

雪乃が、満ちたりた表情で、幸福のため息をつく。

「俺の淹れた珈琲は？」

と、新が言うと、雪乃は「もちろんおいしいってば」とくすくす笑う。

――雪乃さんは伊織さんと同級生で友達らしいけど、伊織さんのきょうだいともこんなに打ち解けてるなんて。幼馴染《おさなな じ》み的な関係なのかな？

カウンター裏の流しで、グラスやカップを洗いながら、小鳥はそんなことを考えていた。

気になるなら直接聞いてみればいいんだろうけど、新に聞くとまた余計なことを詮索《せんさく》しやがってと嫌がられそうだし、伊織に聞くのは……、なぜか、少し、怖かった。

「ごちそうさまでした」

紙ナプキンできゅっと口元をぬぐうと、雪乃は立ちあがった。新がレジへ向かったので、小鳥は片づけに回る。

「じゃね、また来るね。今度のイベント、出店するんでしょ？」

「はい。雪乃さんも出店するって聞いてるけど」

「そうなの。今、ばたばたで準備してるとこ」

ふたりの会話が耳に入る。

イベント？　ってなに？　私、なにも聞いてないんだけど。

「じゃね、小鳥ちゃん。お仕事がんばってね」

雪乃は小鳥にひらひらと手を振って、お店をあとにした。

青い、小鳥モチーフのピアスは、カフェエプロンのポケットに入れている。小鳥は食器を片付けると、そのあとお手洗いに行った。

鏡の前で、じっと自分の顔を見つめる。

化粧っけもないし、よく言えばナチュラル、普段のお手入れは、ざばざばと洗顔して安い化粧水をつける程度。もともと、あっさりした顔立ちだし、制服を着ていなければ小学生男子みたいだ。

こんな自分に、アクセサリーなんて、本当に似合うんだろうか？

サイドの髪を、すくって耳にかける。

どきどきしながら、耳たぶに、そっと、ピアスをつけた。雪乃の言った通り、簡単につけられるのに見た目は普通のピアスと変わらない。

「悪くない……かも」

きらきらした小さな鳥が両耳に止まった。それだけで、少しだけ、自分の顔がはなやいで見える。もちろん、雪乃さんのはつらつとした美しさには遠く及ばないけど、「小学生男子」からは脱却できた……、ような、気がする。

ふたたび業務に戻ると、ちょうどドアベルが鳴り、新しいお客さんが入ってきた。

平日の夕方に珈琲を飲みに来られる、老紳士。先代、つまり星名きょうだいの祖父が店主だったころからの常連で、田村《たむら》さん、という方らしい。いつも、伊織や新とほがらかに世間話をしている。

カウンター席に座った田村さんに、小鳥はお冷《ひ》やとメニュー表を出した。

「ありがとう。いつものブレンドコーヒーね」

田村さんは、おや、と目を見開いた。

「お嬢さん、今日は少し雰囲気ちがうね」

「えっ？」

「ほら、耳。おしゃれしちゃって。かわいいじゃないの。若いっていうのは、いいねえ」

か、かわいい……？

小鳥はかあっと赤くなった。

「ちょっと」

と、田村さんのふたつとなりの席でパンケーキを食べていたご婦人が割ってはいった。

「そういうこと言うの、セクハラよ？」

思いっきり顔をしかめている。田村さんは「あちゃー」と自分の額を手のひらでぺしんとたたいた。

「ごめんね。つい、孫娘みたいな感覚で話しかけちゃって」

「いえ、とんでもないです」

むしろ、「似合わない」とか「変だよ」とか言われなくて本当によかった。安心した。

──それどころか、か、かわいい……とか。

どうしよう。まままま万が一、伊織さんに「かわいい」って言われてしまったら……。

って、ちがうちがう！　早く田村さんのオーダーを伝えないと！

「星名くん。田村さん、ブレンドです」

「了解」

新は小鳥を見て、わずかに右眉を上げた。思わず小鳥は耳を隠す。絶対嫌味を言われる！　と身構えたが、新はなにも言わず、珈琲豆を挽《ひ》きはじめた。

──ノーコメントか。ていうか気づいてないのかも。ま、いいけどね！

からん、とドアベルがふたたび鳴る。

「いらっしゃいま、せ……」

入ってきたのは、女子高生ふたり組。紺《こん》のセーラー服にみず色のスカーフの、やや古風な制服を身にまとっている。

——鈴城《すずしろ》高の制服じゃん……。

鈴城高校は、公立ではトップの進学校で、部活動もさかんなことで有名だ。バレー部も強い。

心臓がどくんと波打った。

まさか……。

「待ってよ」

長い髪の女子高生が、遅れて入ってくる。

この、声。

気づいた瞬間、女子高生のほうも、小鳥に視線をやった。

「あれ？　小鳥じゃない？　ひさしぶり。へえー、ここでバイトしてんだ？」

花が咲いたように、笑みをこぼす。

だけど小鳥は、笑えない。

なぜ、そんなに屈託なく笑えるのだろう？　理解できない。

かつて自分が小鳥になにをしたか、忘れてしまったのだろうか。

「結構前に友達がＳＮＳにあげてて、気になってたの、ここの店。かなりいい雰囲気じゃん。ねえ、空いてる席、座ってもいい？」

かすれた声で、どうぞ、と告げる。いや、声になっていなかったかもしれない。

菊池《きくち》ひとみ。

中学生のころ、皆に小鳥を無視するように裏で指図して、退部に追いこんだ、張本人の女子。

3

ひとみたちは、すごくあか抜けていた。うっすらと化粧をしているようだが、派手ではなく透明感があって、古風なセーラー服とあいまって清純派アイドルのような雰囲気だ。自分たちに似合うものをわかっているのだろう。

なかでも、ひとみは強い輝きを放っていた。すらりとスタイルがよく、肩まである艶《つや》やかな黒髪をなびかせている。目はぱっちり大きくて、ひとを射抜くような力と、華がある。見た感じ、もうバレーボールはやっていないようだけど、かわりにといってはなんだが、かなりきれいになった。

もともと整った顔立ちの子ではあったけど、さらに磨きがかかって、今や、街を歩いていたらすぐにモデル事務所にスカウトされそうなほどだ。ピアスひとつでふわふわ浮きあがってしまっている自分とは、まるでちがう次元にいる。

小鳥は、カウンターの裏で、思わず座りこんでしまった。

「野宮？　大丈夫か？」

新が声をかけた。

「ごめん。ちょっと立ちくらみがしただけだから」

「少し休め」

「大丈夫だってば」

「大丈夫じゃない。顔、真っ青だぞ」

真っ青？　自分では血の気の引くような感覚はまったくない。そんなに自分は、動揺しているんだろうか……。

ショックだった。一年以上も経《た》つのに、ぜんぜん立ちなおれていない自分のことが。麻友もいるし、新しい友達もできたし、あのときのことは引きずっていない、毎日楽しくやれていると思いこんでいた。

なのにいきなり、ひとみ本人が目の前に現れるなんて。それも、ひとみたちに傷つけられて弱っていた自分を癒《いや》してくれた、自分の拠《よ》り所となっていた、大切な場所――、四つ葉カフェに。

「無理すんな」

新の、低いささやき声で、はっと我に返った。

「具合悪いなら、帰れ。兄貴には言っておくから」

「大丈夫」

負けたくない。あの子の前で尻尾を巻いて逃げさるなんて、絶対に嫌だ。

そう思うのに、手が小刻みにふるえている。

強がる小鳥を一瞥《いちべつ》し、小さく息を吐くと、新は田村さんに珈琲を出した。そのあと、手早くお冷やの準備をして、女子高生たちの居るテーブルへ運んだ。

小鳥は立ちあがると、グラスに水を注いで一気に飲みほした。両手で頬をぱんっとはさみこむ。しっかりしなきゃ。

――私は店員。ひとみと、ひとみの連れている子たちは、お客さん。あの子たちがお客さんである以上、きちんと接客をする。それが私の仕事。

「野宮さん。三番さんにチキンアボカドサンドイッチ、お願い」

厨房から伊織が呼んでいる。小鳥は背筋を伸ばし、トレイにサンドイッチのお皿を載せると、カウンターを出た。

サンドイッチを運びおえて、戻っていると。

「さっきのひと、かっこよくない？」

「高校生だよね？　やばい、すごいタイプなんだけど」

ひとみたちのテーブルから、声が漏《も》れきこえてきた。新のことだ。

やっぱり新の容姿は目立つ。

「私は、あのめがねのひとが好み。さっき厨房からちらっと出てきたの見えたんだけど、めちゃくちゃかっこよかった。私、めがねフェチっていうか、弱いんだよねー」

ひとみの甘ったるい声。女の子たちの艶めいた笑い声がさざめく。

「どうしよ。思いきって話しかけてみようかな？」

「ひとみ、すっごい積極的だね」

――話しかけるって、伊織さんに？

ずくんと、胸が疼《うず》く。

だめだよ。伊織さんのこと、そんな目で見たら。だって伊織さんは、昔――。

伊織さんには、従業員だった女性に傷つけられた過去がある。ちょっとかっこいいからって、そんな軽い気持ちで近づいてほしくない。

でも、自分だってひとのことは言えない。好きになっちゃいけないのに、伊織さんのこと……。そう思うと、胸のなかに嫌な苦みが広がった。

思わず、下唇をかみしめる。

「あっ、ねえ、小鳥」

ひとみが、小鳥を呼びとめた。瞬間、心臓がひやりとする。

意識しちゃだめ。ひとみは、お客さんなんだから。

「はい」

にこやかな笑顔を浮かべる。浮かべることができている、と、自分では思う。

「パンケーキふたつ、カフェオレふたつ、ミルクティーひとつ。それから、いちごのサンドイッチって、まだある?」

「はい。まだ、ございます」

手早くオーダーを書きこんだ。

「ございます、だって。おっかしい。じゃあ、いちごサンドひとつね。あ、キウイのサンドイッチも欲しいな」

「かしこまりました」

答えると、ひとみはくすくす笑った。なにがおかしいんだろう。自分は線を引いているだけ。昔馴染みでもなんでもなくて、あくまでここの店員にすぎないんだから、馴れ馴れしく話しかけないでほしいという意思表示だ。

「ひとみの友達？」

ボブカットの女の子が、ひとみにたずねる。

「ん。まあね。同じ中学だったの」

「へぇー」

好奇心たっぷりの視線をぶつけられて、居心地が悪い。

それに、友達、だなんて。よくそんなことが言えるものだとあきれてしまう。

小さく頭を下げて、立ちさろうとすると、「待って」とひとみに呼びとめられた。

「なにか」

「厨房にいる、めがねの店員さん。彼女いるか、知ってる？」

「……え」

一瞬、言葉に詰まって、そのあと、ゆっくりと首を横に振った。

心臓がどきどきしている。

「たとえ知っていたとしても、従業員のプライベートに関することには、答えられません」

硬い声で、そう告げた。

はっきり言わなきゃいけないと、思ったのだ。

とたんに、ひとみの表情が曇《くも》る。

「小鳥って、そういうとこ、ぜんっぜん変わんないよね」

長い髪を、細い指に巻きつけて、つまらなさそうにつぶやいた。

「まじ、うざ」

すっと、足先が冷えた。

一礼して、足早に去る。カウンターへ戻ると、オーダーを厨房に伝えた。

自分の声がふるえているのがわかる。

――うざい。

そう言って、あの子は小鳥のことを笑っていた。

かつて、バレー部で。二年に進級して、三年生が引退したあと、ひとみたちの後輩への締めつけがだんだんひどくなっていった。

不安に思った小鳥は、やんわりと告げたことがあった。最近雰囲気悪いよ、と。一年生にももっと自由にプレーしてもらっていいんじゃない？ もっと仲よくなんでも意見できる部のほうがいいよ、と。

そうしたら、ひとみは言ったのだ。小鳥のそういうとこ、うざい、と。

その瞬間、風向きが変わった。いや、ひとみが「変えた」のだ。

小鳥は無視されるようになった。これ見よがしに悪口を言われたり、顧問の先生と話していただけで「色目使ってる」と言われたり。

ぶつけられた言葉の数々を、投げつけられた冷たい視線の数々を、思いだすと悔しさでふるえた。

「……野宮。ほんとに、今日はもう帰れ」

はっと顔を上げた。厨房のヘルプに回っていた新が、カウンターにすがたを現したのだ。

「大丈夫」

硬い声で、自分に言いきかせるように、告げる。

負けない。

これは、意地だ。

流しに溜まっていたカップを、洗いはじめる。もくもくと単純作業をこなしているうちに、小鳥は、少しずつ自分の輪郭《りんかく》を取りもどしていった。

洗い物を終えて店内に目を向けると、三番テーブルのお客さんが、席を立っているのが見えた。

手を拭いてレジに回る。

会計を終え、にこやかにお客さんを見送ったあと、テーブルバッシングに向かう。

大丈夫。ちゃんと、やれている。

なにを言われても、今度は、自分の好きなものを手放したくない。

あの子は友達じゃない。最初から、友達なんかじゃなかった。自分にとって都合のいい取り巻きが欲しかったのに、ちがう意見を言って空気を壊した私のことが気に食わなくて、排除したかっただけ。

ぜんぜん変わっていないのは、ひとみのほうだ。でも、私はちがう。

カウンターへ戻ると、ひとみたちのオーダーのパンケーキと、いちごサンドとキウイサンドが上がっていた。

ほかほかと湯気のたつ、ふっくらと焼けたパンケーキ。ホイップクリームといちごジャムが添えられて、ちょこんとミントの葉が飾られている。

真っ赤ないちごをまるごとはさんだサンドイッチと、若草のようなさわやかなグリーンのキウイをごろっとはさみこんだサンドイッチは、断面をふたつ並べると、色合いもかたちもとんでもなくキュートだ。

見た目がきれいなだけじゃない、ひと口食べると、抱えていた痛みがほどけるような、甘く優しい幸せの味がひろがる。

――私は、あの子たちにも味わってほしい。幸せに浸ってほしい。この店の、一員として。

私の過去は、関係ない。昔の私は、もういない。

カウンターで、新がカフェオレを淹れている。ちらと小鳥のほうを見たのがわかったから、大丈夫、と答えるかわりに小さくうなずくと、小鳥はトレイを持ってひとみたちのテーブルに向かった。

「お待たせいたしました」

とびっきりの、笑顔を浮かべる。

ひとみは、あっけにとられたような、拍子抜けしたような顔をしていた。

それからも、小鳥は、振りきるように働いた。

ひとみたちは、運ばれてきたスイーツの写真を撮ったりして、にぎやかにはしゃぎながら食事を楽しんでいた。

もしかしたら、ひとみには本当に、自分が悪いことをしたという意識がないのかもしれない。傷ついたほうはいつまでも忘れられないのに、傷つけたほうは、まったく罪の意識もなく、きれいさっぱり忘れているのだ。

そう考えると、ひどく虚《むな》しかった。

ひとみたちが席を立つのが見える。深いため息をつくと、小鳥は、レジへ向かおうとした。が、

「ここはいい。野宮は片づけに回って」

新が小鳥の肩を叩いた。

「なんで……」

「いいから」

いぶかしく思いながらも、小鳥はトレイとダスターを持ってカウンターを出た。

ひとみの友達の女の子が、レジに立った新に、話しかけている。頬を、ほんのり赤く染めて。

「突然すみません。あの、その……、彼女いるんですか?」

耳が女の子の声を拾ってしまう。

従業員のプライバシーに関することは答えられないと言ったはずなのに、ぜんぜんこりないっていうか。すごい積極的っていうか。ひとみがけしかけたのかもしれないけど。

「はい、います」

新は即答した。

待って待って待って、答えちゃうの？

ぎょっとして、そして、……あきれた。

彼女どころかろくに女子と会話すらしないくせに。女嫌いなうえにブラコン（たぶん）だし。息をするようにナチュラルにうそつくんだな。まあ、たしかに、彼女いるって言えばたいていの子はあっさり引きさがるだろうけど。

そこまで考えて、小鳥ははたと立ちどまった。

ていうか。ほんとに彼女いるって可能性はない？　だって雪乃さんにはくだけた感じで普通にしゃべるし。警戒心は強いけど、心を許したひとには懐くのかも。……って、野良猫じゃあるまいし。

ふうっと息をつくと、小鳥は、「どうでもいいや」と小さくひとりごちた。ひとみたちのテーブルに残されたお皿を重ねてトレイに載せる。

「じゃあ、奥にいるめがねの店員さんは？　フリーなのか知ってますか？」

今度は、ひとみの声。どきりとした。

「女の店員さんは教えてくれなくって。正直ちょっと感じ悪かったんですけど」

その、甘えたような口調に、小鳥は自分の頭に血がのぼりそうになるのを感じた。

ひたすらに、ごしごしとテーブルを拭く。平常心、平常心。

「自分のことならともかく、ほかの従業員のことは僕からは答えられません」

さらりと新は告げた。

「不快な思いをされたのなら申し訳ありませんが、彼女の対応は間違っていないと僕は思います」

間違っていない……。

鼻の奥が、じん、と、痛んだ。だめだ。こんなことで泣きそうになるなんて。

「ありがとうございました」

新の声が響いた。小鳥も続けて、「ありがとうございました」と声をあげる。

ドアの閉まる音。

ひとみたちは、帰っていった。

しゃきっと、背すじを伸ばす。まだまだ、お店の仕事は続く。

夕方六時を回ると、一気にお客さんが増えた。小鳥は忙しく立ちまわった。忙しいとはありがたいこと。余計な思考が入りこむ余地がなくなる。

そして、あっという間に閉店時間になった。

4

閉店業務を終えると、お待ちかねの賄《まかな》いタイムだ。

「今日はカルボナーラだよ」

伊織がにっこり笑う。

かりっと焼かれた厚切りベーコンのうまみと、濃厚でまろやかなたまごとチーズがコシのあるパスタに絡みあう。ぴりっと、アクセントの黒胡椒《こしょう》が効いている。

泣きたいぐらいにおいしい。いろんな気持ちを飲みこんで、ひたすらに働いた、今日の自分へのご褒美のように思えた。

だって、私、がんばったもんね。

小鳥はフォークにくるくるとパスタを巻きつけた。たまごと生クリームのソースが本当になめらかで、コクがあるのにしつこくない。どんどんフォークが進む。

「ほんとにおいしい！　つるっといけちゃう」

「つるっと、って。素麺《そうめん》じゃあるまいし」

新がぼそっとつっこみを入れた。となりに座った新は、ちらちらと横目で小鳥の様子をうかがっている。

「どした？　新。野宮さんになにか言いたいことでもあるのか？」

伊織がたずねると、新は「べつになにも」と、ぶっきらぼうに答える。

「ははあ、わかった」

伊織はふふんと得意げな笑みを浮かべた。

「さては、野宮さんのピアスをほめたいけど、ほめ方がわからないんだろう？」

新と小鳥は、同時に、ごふっ、とむせた。ふたりして、あわてて水を飲む。

「なに、あさってなこと言ってんだよ」

咳《せ》きこんだせいで新は真っ赤だ。

「なんだ、ちがうのか。でも、小鳥ちゃんが小鳥のピアスつけてるって、おもしろいよね。さては雪乃、狙って作ったとか？」

どきっとした。今、小鳥ちゃんと呼ばれた……。

名前呼びは無意識だったらしく、伊織は平然とパスタを食べている。小鳥がひとり赤くなっていることにも気づかない。

「小鳥ちゃんと雪乃、すぐに打ちとけたみたいでよかったよ。話もずいぶんはずんでたようだし」

伊織は上機嫌だ。

「はずみすぎて仕事忘れてたところはダメダメだけどな」

新がちくりと痛いところを突いてきたけど、もう小鳥の耳には入らない。

無言で、もくもくとカルボナーラを食べた。さっきまであんなにおいしかったのに、今はなぜか味がしない。小鳥ちゃん、という言葉を拾ってしまった耳だけが、熱い。

本当に、今日は、感情が浮いたり沈んだりせわしなくて、疲れた。家に帰ったらお風呂に入って、泥のように眠ろう。

そうすれば、ひとみたちのことも、伊織さんへの気持ちも、心の奥の奥の、深いところに沈めてしまえる。

賄いを食べおえて片づけをすると、小鳥はあいさつをして店を出た。

十九時半、外は黄昏《たそがれ》。だいぶ日が長くなってきた。

バイト初日は送ってもらったけど、今はそこまで暗くないし、なにより近いし、最近はひとりで帰っていた。

の、だけど。

「野宮、ちょっと待て」

歩きだした小鳥を呼びとめたのは新だった。新は小鳥のもとへ駆けよると、

「送る」

と、ぼそっと告げた。

「えっ？　なんで？」

「いいから。今日、野宮、調子悪そうだったから。帰り、倒れたりしたら大変だし」

「えっと……。倒れないよ」

なんと言っていいかわからず、まぬけな答えを返す。

新は仏頂面《ぶっちょうづら》のまま、黙って歩きだす。ほんとに、純粋に、心配してくれてるんだろうか？　それともまさか、伊織への気持ちに気づかれて、責められる……とか？

となりを歩きつつも妙に緊張してかちこちになってしまう。新はいつも以上に怖い顔をしているし、負い目もあるし。

ふいに、新は口を開いた。

「今日来た、鈴城高の子たち。知りあい？」

「えっ？　その、知りあい、っていうか、なんていうか」

なんと答えていいものか、口ごもってしまう。

「あのグループが来てから急に野宮の顔色が悪くなったから、気になってて。ちゃんと仕事もしたし賄いもうまそうに食ってたから、俺の気にしすぎかとも思ったけど」

それで、パスタを食べているとき、ちらちらとこっちを見てきたのか。

純粋に、心配……、してくれていたのか。

「同じ中学だった子、……なんだよね」

小鳥は話しはじめた。少しだけなら話してもいいかな、という気分になっていた。

「昔、私を無視した子。部活で、私を無視するように、全員に指図した子」

驚くほど自然に、するすると言葉が出てくる。

「結局、私、そのせいで部活やめちゃって。すっごい悔しくて。私は悪くない、負けたくない負けたくないって思ってたのに、限界きちゃってさ。あ、もう私折れるな、って思って。無理して続けたら折れてもとに戻れなくなる、って」

いったん口に出すと、止まらなかった。

新は、黙って、小鳥の話に耳を傾けている。

「クラスのみんなはね、すごい仲いい子を除いて、私が部活でハブられてるって知らないみたいだったから、ずっと普通に接してくれてて。だから部活やめてあの子たちと距離ができたら平和になったっていうか、陰口《かげぐち》も耳に入んなくなったんだけど。でも、すっごい敗北感で。好きなことやめなきゃいけなくなったのが悔しくて」

麻友にも、ここまで自分の気持ちを正直に話していない。なんとなく察してくれてはいるけど。でも、きっと、私は。

「だけど、悔しさだけじゃなかったみたい。見ないふりしてたけど、かなりダメージ受けてたんだな、って。あの子たちを見たとき、一瞬であのころの感じがよみがえって。なんか、息も苦しいし、立ってられなくなって。なのにあの子は、自分がしたことなんて忘れたかのようにふるまうし」

ずっと、だれかに聞いてもらいたかったのかもしれない。

涙が出そうだ。

「バカみたいじゃん？　私ばっかり、昔のことにいつまでもとらわれて」

「ぜんぜん、バカみたいなんかじゃないと……、思うけど。俺は」

新は言った。低い声で、静かに、つぶやくように。

「そんなことがあったんなら、憎くて当たり前だし。許せなくて当たり前だし。よく、普通に接客できたよな」

「だって。もう、逃げたくなかったから」

「意地っ張りだな。逃げてもいいだろ、そこは。自分がつぶれるぞ、そんなんじゃ」

「へえ。星名くんがそんなこと言うなんて意外。どんな客にも常に笑顔で接客しろ！　とか言いそうなのに」

「俺のこと、鬼かなんかだと思ってるだろ」

　新は少しきまり悪そうだ。

「……よくがんばったよ、野宮は」

　新がぼそぼそと付けたした言葉は、かなり小さい声だったけど、それでもしっかりと小鳥の耳に届いた。

「あ。……ありがとう」

　どうにも調子がくるう。いつもダメ出しをしてくるひとにほめられると。

　気恥ずかしいというか、気まずいというか。

　新は小鳥から目をそらしたし、小鳥はうつむいてしまった。

　ふたりの間に流れた、微妙な空気を変えたかったのか、新は、

「面接のとき、つらいことがあって、そのときうちの店に来た、って言ってたの。そういうことだったんだな」

　と、続けた。

「うん。ちょうど一番きつかったときに、四つ葉カフェに出会って。ほんのひとときだったけど、嫌なこととか忘れられた」

　小鳥はふたたび顔を上げた。

伊織さんの、あたたかなほほえみ。ほんのり甘いマフィン。

あのときの私は……。とにかく、だれかに、優しくされたかった。

きっと、そうだったんだろう。と、小鳥は改めて感じいった。

「それからの私は、嫌なことがあっても、またここに来たいって思って気持ちを立てなおした。支えっていったら大げさだけど……。お小遣い貯《た》まったら、またここでおいしいものを食べる、それまでがんばろう、って」

小鳥は、ふうっと息をついた。

「ごめん。長々と、こんな話」

よりにもよって新に、こんな弱みを見せてしまうなんて思わなかった。ほんの少しだけ話すつもりだったのに、気づいたら、すべて打ちあけてしまっていた。

「いや、俺は、べつに……」

新は小鳥から目をそらして、自分の足元を見つめた。

「っつーか。俺も、さ」

風にのって、どこかの家の庭の、花の香りが漂ってくる。ジャスミンのような、甘い香り。

「昔。いろいろあって、あの店に逃げこんでたから。俺の場合は学校じゃなくて家だったんだけどさ。あんたもなんとなく察してるんだろうけど」

あんなに触れてほしくなさそうだったのに、自分からそんなことを話してくるなんて意外だった。

「旺太郎《おうたろう》君のお母さんのこと……？」

新はゆっくり首を横に振った。

「っていうか、親父」

吐きすてるように、新は言いはなった。

瞬間、空気が冷えたような気がした。

逃げだしたくなるほど嫌なのは、許せないのは、実のお父さんのこと。

ふいに、伊織が、「新を見ていると、昔の自分を思いだす」と言っていたことが頭をよぎった。「僕が辿《たど》ってきた道を、そのままなぞっているみたいに見える」とも。

「あのさ。変なこと聞くけど……。お父さんとうまくいってないのは、その、伊織さんも、なの？」

新はちらりと小鳥の目を見た。

「伊織兄がそう言ったわけ？」

「はっきりとは。でも、星名くんのこと、昔の自分みたいだって言ってた」

そうか、と、新はつぶやいて、通りすがりの家の敷地の、ハナミズキを見上げた。ハナミズキのほんのり淡い桃色が、薄闇《うすやみ》に浮かびあがって見える。

「あんた、さ」

ふいに呼ばれて、どきっとした。また、地雷を踏んでしまったのかと思ったのだ。だけど。

「伊織兄のこと、好きだろ?」

「えっ」

あまりに唐突で、小鳥は言葉を失う。

「絶対好きにならないとか言ってたけどさ。ほんとは最初から好きだったんじゃねーのか?」

「ち、ちがうし。面接で言った言葉は、本心だから。恋愛感情持つなんて、ありえないって、百パーないって、そう本気で思ってた」

「思ってた、過去形だな」

「…………」

なにも言えない。もう、向きあわざるを得ない。自分の気持ちに。認めざるを得ない。

小鳥は顔を上げた。

「約束を破ってしまってごめんなさい。自分でも、自分の気持ちにブレーキはかけられない。私は伊織さんが好き」

初めて知った気持ち。これが、好き、ということ。

「だけど、打ちあけるつもりはないから。隠しとおしてみせる。あのひとに、昔のつらいことを思いださせたくない。私はただ、黙って想ってるだけ。それだけ、だから。だからお願い。お願いします。想いつづけることを、否定しないで」

「ダメだ」

新はすげなく言いはなった。

「なんで？　私は前の従業員のひととはちがう。好きなひとが振りむいてくれないからって、暴走して彼を傷つけることなんてしない。大事、だから。大切だから」

彼のあの笑顔も。おいしいものを作りだす魔法の手も。店のことを語っていた、熱をおびたまなざしも。いとおしい。傷つけたくない。

「それでも、ダメだ」

新はとりつくしまもない。

「ダメなんだ。伊織兄だけは」

「どうして？」

あまりの頑固さに、だんだん腹が立ってきた。

「前から思ってたけど、星名くんってブラコンだよね？　ほんとはお兄ちゃんをだれかにとられたくないから女子を遠ざけようとしてるんじゃない？　ちがう？」

そう言って思いっきりにらみつけると、新は大げさにため息をついた。

「アホか」

「アホはそっちじゃん。ちゃんと認めなよ。俺のだーい好きな兄ちゃんに近づくな、って、はっきり言いなよ」

「バカバカしー。つきあってらんねーよ」

新はすたすたと歩を速めた。その薄くて広い背中が、むかついてしょうがない。

さっきの自分はどうかしていた。なんでこんなやつに、自分から自分の傷を見せるような真似をしてしまったんだろう。

やがて、家に着いた。

「どうもありがとうございました」

新から顔をそらしたまま、棒読みでぼそぼそ告げると、小鳥は門扉《もんぴ》を開いて家の敷地に入った。

「そうそう。ゴールデンウィークだけど」

だしぬけにそんな話を振られて、思わず小鳥は振りかえる。

「うちの店、イベント出店するんだよね。昼に入ってくれてる笹井《ささい》さんが手伝う予定だったんだけど、急に来れなくなったらしくて。江藤《えとう》さんも都合悪いみたいだし、もしかしたら野宮にヘルプを頼むかもしれない」

「それ、伊織さんがそう言ってたの?」

「っつーか、当然そういうことになるだろ、ひとが足りないんだから」

そういえば、雪乃さんと星名新は、イベントがどうのこうの、といった話をしていた。このことだったのか。

「俺としては野宮なんかいなくてもなんとかなるって思うんだけどさ。ま。いちおう伝えておく。改めて兄貴から打診あると思うけど」

「わかった」

野宮なんか、だと?

「どうせあんた、連休暇そうだしな」

さらに追い打ちをかけてくる。

「余計なお世話」

まじでこいつのこの言い方、なに?　伊織さんに気がある女はすべて敵、って感じ。

小鳥は「じゃあね」と言いすてると、がしゃんと門扉を閉めた。

5　海辺のマルシェとこぼれた珈琲

1

翌日、早めにバイトに来た小鳥《ことり》は、さっそく伊織《いおり》にイベントのことをたずねた。

一番お店がすいている谷間のような時間帯で、ちょうど伊織は、焼き菓子の生地をオーブンにセットし終えたところで、小鳥が声をかけるとすぐに厨房《ちゅうぼう》から出てきた。

「新《あらた》から聞いたの？　五月五日。マルシェに出店するんだよ、うち」

「マルシェ……？」

「そ。栗岡《くりおか》市の海浜公園で毎年開催されている、しおさいマルシェっていうイベント。飲食店のブースやワゴン、ハンドメイドのショップブースがたくさん並ぶ。ステージイベントもフリーマーケットもある」

栗岡市は海沿いにあるのどかな街で、ここから会場の海浜公園までは、車で一時間程度の距離だ。

「ちょうど今朝、玲人《れいと》がポスターを持ってきてくれたところだったんだ。あとで店内に貼っておいてくれる？」

伊織はそう言って小鳥にまるめたポスターを渡した。

さっそく、広げてみる。伊織が言ったように、いろんな店が参加するようだ。子ども向けの体験ブースもいくつかあるし、家族連れでにぎわいそうな雰囲気。

小鳥は一度もこういう野外イベントに行ったことはないが、なかなか楽しそうだ。

「僕らはこういうイベントにブースを出すのは初めてだから、実際にやってみないと感触がつかめないとこがあって。来場者数も、売れ行きも、天候に左右されるだろうしね。まあでも、笹井《ささい》くんは来れなくなったけど、新もいるし、玲人も手伝ってくれるから大丈夫だと思うよ」

「それって、私は手伝わなくていいってことですか？」

小鳥はずいっと身を乗りだした。

星名《ほしな》新の話では、ヘルプを頼む、ってことじゃなかったっけ？　話がちがくない？　まだ新入りだから足手まといになる？　もしくはあれか、人件費の節約？

「いやいや、もちろん来てくれたらうれしいけどね？」

伊織は苦笑した。

「でも、野宮《のみや》さんもせっかくの連休だし、友達や彼氏と遊んだりしたいでしょ？　五日までバイト頼むと五連勤になっちゃうし」

「大丈夫です！　私、ヒマなんで！」

即答した。

「それに、か、彼氏なんていないし……」

うつむいて、もじもじしてしまう。

「あ。ごめんね、彼氏だなんて、変なこと言っちゃって」

「いえ、あの、気にしてません。ていうか、私……。か。彼氏、いるように見えますか？」

なにを聞いてるんだ自分、と、もうひとりの冷静な自分がつっこむ。

彼氏がいそうっていうのは、だ、男子に好意をもたれるような、たとえば高校デビューした麻友《まゆ》のような、かわいい女子ってこと……。って、どんな言葉を期待しているのだ！

「すっ、すみません！　さっきの、忘れてください！」

やばい。変な汗が出てきた。

「その、私、イベント超興味あるんで。なんならボランティアで手伝いたいぐらいなんで。人手が足りなかったらぜひ行かせてください！」

勢いよく、まくしたてる。

急に挙動不審になった小鳥に若干《じゃっかん》の戸惑いを見せつつも、伊織は、

「じゃあ、お願いします。ボランティアじゃなくて、きちんと報酬《ほうしゅう》は出します。閉店後に、また改めて詳しく説明しますね」

そう言って頭を下げた。そして。

「ありがとう。正直言って、助かったよ」

はにかんだような、ほっとしたような、そんなほほえみを浮かべる。

か、かわいい……！

心臓を撃ちぬかれた。体温が急上昇して、頭がぽーっとする。心拍数もやばい。

そんな小鳥の様子には気づくことなく、伊織は厨房に戻っていった。

しばらく惚《ほう》けていた小鳥だけど、ふと我に返って、自分で自分の頬《ほお》をぺちんとたたいた。

ばかばか。ぼんやりしている場合じゃない。もう仕事中なんだし、お客さんがいない今のうちに、このポスターを貼らないと。

小鳥は、あわててカウンターを出た。

閉店後、賄《まかな》いをいただきながら、イベントの説明を聞いた。

売るのは、サンドイッチとドリンク。サンドイッチの種類は、フルーツミックスサンド

と、定番の、たまごサンドと、厚切りハムと野菜のサンドイッチに絞る。ドリンクはブレンドコーヒー、ホットとアイス。両方準備するが、暑くなるだろうし、注文はほとんどアイスだろう、という見立てだ。

サンドイッチは、あらかじめカフェ店内でカットしたフルーツや野菜やハムなどの具材、仕入れたパンを現場に運び、注文を受けてからブースで作る。これは伊織と新の担当。

一方の玲人は、レンタカーに機材を積んで先に会場に行って受付を済ませ、テントの設営やテーブル、電源等の準備にとりかかることになっている、らしい。もちろん伊織たちも、合流次第設営にとりかかる。

「私はどこを手伝えばいいですか？　売るのはもちろんですけど、サンドイッチの準備もやってみたいです。人手は多いほうがいいと思うし」

わくわくしてきた。小鳥の脳内に広がったのは、文化祭の模擬店のイメージ。絶対に楽しい。

フリスビーをくわえた犬のように目をきらきらさせた小鳥を見て、新は、

「遊びじゃねーんだからな？」

と、つぶやいた。

「わかってるし、そんなこと」

むっとふくれた。ていうか文化祭だって遊びじゃないし。

「調理は慣れていないと難しいと思うから、野宮さんはいつも通り接客に専念してください。そうすれば僕らも調理に集中できるし、すごく助かるよ」

伊織はそう言ってほほえんだ。助かるよ、そのひとことで俄然《がぜん》やる気メーターが上がる。弟も兄のこういうところを見習ってほしい。無理だろうけど。

「ところで、雪乃《ゆきの》さんもアクセサリーのブースを出すんですか？」

この間から気になっていたことを聞いてみた。

「うん。あいつも出店する。準備をがんばっているみたいだ」

「へえー。すごいですね、作品作りから販売まで、ひとりでやってるんですもんね。しかも、昼間は別の仕事をしながら、だし」

「まあ、ね」

伊織は妙に歯切れが悪い。普段の彼だったら、素直に「そうだね、すごいよね」とかなんとか、ほめそうなものなのに、自分がほめられたときのように、決まりわるそうにしている。

「あの、雪乃さんは、みなさんの幼馴染《おさななじ》みなんですか？　すごく古くからのつきあいって感じがします」

「ま、そんなとこ」

そっけなく新は言った。

「きょうだいみたいなもんだよ。サバサバしてるし、裏表がなくて明るいひとだ」

ふうん、と思った。女子嫌いの野良猫が唯一なついている女子、それが雪乃さん。

「しっかりしてそうに見えてドジなところもあるんだよ」

伊織は苦笑した。いかにも、ほっておけない、と言いたげな顔をしている。

少しだけ喉《のど》の奥にひっかかったなにかを洗いながすように、小鳥はグラスの水を、ゆっくりと飲みほした。

2

そして、五月五日。

よく晴れて気持ちのいい朝。早朝からの仕込みを終えた新や伊織と一緒に、四つ葉《よつば》カフェを出発。伊織が普段仕入れなどに使っているワゴンに乗って、海沿いの街を目指す。

しおさいマルシェは十時スタート。会場の海浜公園は、広い芝生《しばふ》広場だ。

公園から小道をはさんですぐそこは海。砂浜へと下りる階段もあり、夏は海水浴場としてもにぎわう。

広場にはすでにそれぞれの店が出すテントやショップワゴンが祭りの縁日のように立ち並んでいて、スタッフがせわしく準備をしていた。

「僕たちのブースはあそこ」

伊織が指さしたテントから、ひょっこり玲人が出てきた。すぐにこちらに気づいて「おーい」と手を振る。

「ごめんな、ひとりで」

「いいよ。っつーか、なかの準備まだだし」

玲人は小鳥を見やると、「おっ」と目をまるくした。

「小鳥ちゃんも来てたんだ。ラッキー。今日一日がんばろうね」

にっかり、笑った。

「っていうか、かわいいじゃん、それ」

「えっ」

雪乃の作ったピアスを、今日も小鳥はつけてきていた。だけど、服装はいつものカフェスタイルよりくだけた、ジーンズとTシャツにスニーカーという、ほぼ普段の休日のスタイル。ちなみに、海辺のイベントということで、伊織と新もジーンズだ。

Tシャツの色も、ブルー系で合わせている。この〝おそろい感〟がうれしい。自分もちゃんと大好きなお店の「スタッフの一員」なんだと実感できて、誇らしいというか、気分が高まる。

「小鳥ちゃんって普段そういうのつけない感じだったから新鮮。これからもっとおしゃれしなよ、似合うって」

玲人ももちろんTシャツとジーンズ。手足が長いからなにを着ていてもさまになる。モデルか俳優ばりのイケメンオーラを放つ玲人にストレートにほめられると、妙に恐縮してしまう。

「そ、そんなことないです」

思わず縮こまった。ピアスがないと、ほぼ少年だし。

「ちょ、真っ赤じゃん。なに恥ずかしがってんの？　めっちゃかわいいんだけど、そのリアクション」

「べ、べつに恥ずかしがってなんか……」

どうもこのひとといると調子がくるう。玲人はからからと笑った。女子高生をからかって遊ぶなんてずいぶんと趣味が悪い。

「いーから。さっさと準備するぞ。イベントだからって浮かれすぎんなよ」

新は通常モードだ。浮かれすぎ、って。

「せっかく買ったんだし、ピアスぐらいつけたっていいじゃん」

ぶつぶつ言うと、新は、

「べつにピアスが悪いって言ってんじゃねーし。むしろいいんじゃねーの？　雪乃さんのショップの、いい宣伝になるだろうし」

淡々と言った。

宣伝、か。なるほど、その考えはなかった。

「そりゃ、似合ってれば宣伝になるだろうけどね。逆効果だったら申し訳ないな、なんてさ」

ははっと、明るく笑うと、

「似合ってないことも、ない」

新が、つぶやいた。

聞こえるか聞こえないぐらいの、小さな声だった。

「え？」

「いや、なんでもない」

小鳥は小さく首をかしげた。

伊織と新は、てきぱきと作業をこなした。

テントのなかに、作業台にする、アウトドア用のテーブルを立て、ダストボックスやウォータータンク、保冷ケースや小さな冷凍庫を設置する。伊織の指示にしたがって、小鳥も、珈琲《コーヒー》のドリッパーなどのこまごました道具を並べていった。

「ばっちりですね」

「まだまだ。これから保健所と消防署のチェックを受けて、許可証をもらうから。その間、野宮さんは玲人と一緒に、看板まわりを洒落《しゃれ》た感じにレイアウトしてくれる?」

伊織はふんわりと笑った。

「は、はい」

いろいろ大変なんだな、イベント出店って。

「小鳥ちゃん、こっち」

おいで、と、玲人が手招きしている。

テントの柱に、玲人が、四つ葉カフェの店名が入った小さな看板をくりつけた。ずれたり落ちたりしないように、しっかりと固定する。

カフェにある、群青《ぐんじょう》色の看板とそろいのものだ。

「これね、俺がデザインして作ったんだよ」

「へえ……。じゃあ、お店のものですか？」

「うん」

ずいぶん器用なんだな、と思った。

玲人は、テントの柱の前にイーゼルを置くと、黒板を立てかけた。さらさらと、メニューを書きこんでいく。

「うーん、いまいちだな」

眉間《みけん》に縦じわを寄せて、首をひねる玲人。

「すごくかわいいと思いますけど」

「そうかな？　なんか足りないような気がする」

いつもにこやかで機嫌がよくて、冗談めいた軽口ばかりたたく玲人が、いつになく真剣に見える。

「玲人さんって、お店の美術担当なんですか？」

思わず、たずねた。

「っていうわけでもないけど。カフェのインテリアとかにも、アイデアがあったらちょこちょこ口出ししてるけどね。たいてい予算がないって却下されるけど」

「ひょっとして大学は美術関係とか？」

「ううん。医学部」

「えっ……。意外」

「正直だねー、小鳥ちゃん。未来の医者がこんなにチャラくていいのか、って、顔に書いてあるよ」

「えっ。そ、そんなことは……」

思っていた。患者さんをつぎつぎにナンパしそうで危険。

「俺さ、自分で言うのもなんだけど、白衣めっちゃ似合うんだよね。小鳥ちゃんにも見せてあげるね？」

にっこり笑顔で小鳥の顔をのぞきこむ玲人に、小鳥は若干身を引いた。

「えっと、その、結構です」

この手の冗談に、なんと言ってつっこんでいいのかわからない。結果、真顔で生真面目《きまじめ》に受け答えしてしまう小鳥のことがおもしろいらしく、玲人はくくっと体を折りまげて笑う。

なんとなく決まりわるい。私、めちゃくちゃノリ悪いひとみたいじゃん。

小鳥は、テントの前面に置いた長テーブルにクロスをかけ、ショップカードを入れたかごを置いた。そのとなりに、飾り用に持ちこんだ、小さな観葉植物の鉢《はち》を置く。

「できた。これでＯＫ」

何度も直しを繰りかえしていた玲人だけど、ようやくメニューを書きあげたようだ。

「素敵です」

小鳥が笑顔を向けると、玲人はため息をついた。

「実家がそこそこでかい病院だからさ」

「病院……」

どきりとした。さっきの話の続きだ。

「兄は好きな道貫いてるし、弟も絶対継ぐ気ねーだろ？　だから、俺ぐらいは親の希望かなえないとな、っつーことで、医学部に進んだってわけ。旺太郎《おうたろう》もそれでちょっと自由になるだろうしな」

淡々と、玲人は語る。

「ま、俺、頭いいから。受験勉強も大して苦じゃなかったし。考えようによっては、親の敷いたレールがあるって、けっこう安心要素じゃね？」

そう言って、にかっと笑った。

なんと返事していいかわからなかった。

新と、おそらく伊織も抱えている、父親への嫌悪感、は。玲人には、少しもないんだろうか？

そんなことはないんだろうな、と思ったけど、小鳥はなにも言わなかった。

3

心地よい海風が吹いている。

イベントが始まり、徐々にひとが増えてきた。潮のにおいをはらんだ風に乗って、アコースティックギターの音色と歌声、拍手が聞こえてくる。飲食ブースの向こうにあるステージで、地元アーティストのライブが始まったのだ。

「お客さん、来ませんね」

つぶやくと、玲人は肩をすくめてみせた。

「みんな、フリマやハンドメイドのブースを先にのぞくんだよ。ほら、早い者勝ちじゃん、ああいうのって」

「たしかに」

そのうち、ちらほらと飲食ブースのエリアにもひとがやってきはじめた。伊織と新はすでにサンドイッチを作りはじめている。

スライスしたパンに、たっぷりとクリームを塗る。そこに、カットしたいちご、キウイ、黄桃《おうとう》をバランスよく載せ、さらにクリームを塗る。パンを載せてきゅっと押さえ、半分にカット。

伊織は、流れるような手つきで、素早く一連の作業をこなす。思わず、見惚《みと》れてしまった。

「あんなにたっぷりクリームを塗ってるのに、あふれてこないのはなんでだろう」

小鳥も一度、自分でフルーツサンドを作ってみたことがあったけど、見事に失敗した。パンを切ったときに、切り口からぐちゃっと具がはみ出してしまったのだ。

「パンの中央にだけ、ぽってりと塗ってるんだよ。切ったときにはうまいぐあいにクリームが均等になるってわけ」

玲人が解説した。

「あと、まあ、なんといっても数をこなしてコツをつかむこと。つまり、練習の成果だよね」

「なるほど」

「ていうか、勝手に偉そうに語っちゃったけど、俺は作ったことないからわかんないんだけどさ」

と、つけ加えて、玲人はいたずらっぽく笑った。

思わず小鳥は小さく噴きだした。作ったこと、ないんかい。

そのとき。伊織の横で作業をしていた新が、ぎろっと小鳥をにらんだ。その目がなにか訴えている。

小鳥が設置したテント前のミニテーブルのそばに、十代ぐらいの女の子ふたり組がいた。興味深げにメニュー黒板を見ている……。

しまった、お客さんだ！

「いらっしゃいませ。うちのサンドイッチ、すっごくおいしいですよ」

にっこりと笑いかけた。

今しがたできあがって、薄紙で包んだばかりのフルーツサンドをトレイに並べた。そのとなりには、たまごサンドとハム野菜サンドも。

とたんに、女の子たちの目がかがやいた。

「おいしそう。どうする？」

「私、フルーツにしようかな」

「私も」

やった。小鳥は思わず小鼻をふくらませた。

「珈琲もいかが？」

玲人も、すかさず、きらっきらのキラースマイル。

女の子たちはぽーっと頬を染めた。なにこのイケメン……、と、その顔に書いてある。

まあ、そうなるよね。

「じゃ、じゃあ、フルーツサンドと、アイスコーヒーのSサイズも、ふたつ……」

「ありがとうございます。少々お待ちくださいね」

玲人はさっそく珈琲を淹《い》れはじめた。彼は今日、珈琲の担当なのだ。

電動ミルで豆を挽《ひ》き、あらかじめ電気ポットで沸かしておいたお湯で珈琲を濃いめにドリップする。その珈琲を、さらに、氷を詰めたドリッパーに通し、冷ます。お客の女の子たちは興味津々《しんしん》でその様子を見守っている。

小鳥はその間にカップに氷を詰めて準備し、お客さんの会計をした。

珈琲ができたタイミングでフルーツサンドと保冷剤をペーパーバッグに詰め、珈琲のカップと一緒にお渡しする。

「お待たせしました」

受けとった女の子たちは、ぱあっと笑顔になった。

「あの、ショップカードももらっていいですか?」

「もちろんです」

うれしい。カフェ自体にも興味を持ってくださったんだ!

「次からはなにも言われなくてもカードも添えよう……」

ミニテーブルに置いた名刺サイズのカードは、シンプルなオフホワイトで、ショップの名前と電話番号、住所がスタンプしてある。そのフォントに、どこか見覚えがあった。

「あっ。これ、『snowdrop』のタグと同じ」

やっと気づいた。雪乃のショップだ。

「自分の作業で忙しいのに作ってくれたんだよ。せっかくのイベントなのにお店を宣伝しないでどうするの、って。うちにはカードもないって言ったら怒られた」

伊織が苦笑した。すこし、恥ずかしそうだ。

「僕はどうも、そういうとこまで気が回らなくて」

「商売っ気がなさすぎるんだよな」

玲人がため息をつく。

「雪乃さんは、伊織さんのことをよくわかってるんですね」

「そりゃあ……」

玲人は伊織のほうをちらっと見て、そして、「……幼馴染みだからね」と、つぶやいた。

伊織の耳たぶが、こころなしか、赤く染まっていることに気づいた。

少しだけ胸が苦しくなる。少しだけ。だから、見ないふり。

そのうち、お昼時が近づいてお客さんが増えだした。

となりの店はハンバーガーショップで、鉄板でパテを焼くいいにおいが漂ってくるし、向かいは唐揚げとポテトを売っていて、これまた揚げたてのいいにおいを振りまいている。おしゃれなクレープの店もあるし、ベーカリーショップもある。強力なライバルがひしめくなか、四つ葉カフェのブースもかなり健闘していた。

というか、忙しい！

よく晴れているけどからっとして蒸し暑くなく、気持ちのいい、さわやかな陽気。絶好のイベント日和《びより》。というわけで、お客さんの数が多いのだ。

あっという間にランチタイムを過ぎ、ふと腕時計を見れば、もう十三時半。忙しさもピークを過ぎたので、交代でランチ休憩をとることにした。

「それじゃ、新と野宮さん、先にお昼食べてきて」

伊織が言った。

「ちょ、なんで星名くんと一緒に……」

「ま、いいじゃん。同級生同士」

玲人はふたりぶんの珈琲を淹れると、サンドイッチを適当にペーパーバッグに入れた。

「はいよ。ふたり仲よくランチもよし、それぞれソロ活動するもよし」

しぶしぶ、受け取る。と、伊織が、

「ごめん。ついでに雪乃のところにも、サンドイッチを持ってってやってくれないか?」

おずおずと申しでた。

「いいけど」

と、調理用のポリ手袋をはずしながら、新がそっけなく答える。

「たぶん、あいつ、まだ食べてないだろうから。ひとりでやってるし、休憩のタイミングがないかもしれない」

伊織の言葉に玲人はうなずくと、もうひとりぶん、アイスコーヒーを準備した。

小鳥と新は連れだって四つ葉カフェのブースをあとにした。

ハンドメイドのブースは、飲食ブースよりも広場の入り口側にある。たくさんのテントが立ちならぶなか、雪乃のブースには、たくさんの人だかりができていた。

「すごい。人気なんだ……」

つぶやくと、新が、

「うちの店に置いてるのも、売れ行きいいしな。ファンもいるみたいだし」

と言った。たしかに、どれもかわいいし、作りが丁寧《ていねい》だもんな。

お客さんがいったんはけたタイミングを待って、小鳥たちは雪乃に声をかけた。

「こんちは。差し入れ持ってきました」

「あっ。新くん。小鳥ちゃんも」

雪乃は笑顔になった。

「フルーツサンド？　と、たまごも？　わあっ、大好き。ありがとう！」

「ちょっと休憩して、一緒に食べませんか」

新が提案すると、雪乃はうなずいて、店頭に「準備中」のプレートを立てかけた。

テントの裏に、雪乃がアウトドア用の椅子《いす》を出してくれる。

「フルーツからいただこうかな。ちょうど、甘いものが欲しかったんだよね」

「疲れてるんだよ。ゆうべ、ちゃんと寝たんですか？」

新が聞くと、雪乃は小さく首をかしげた。

「うーん……。二時間ぐらいは寝たかな？　ぎりぎりまで制作してたから」

二時間……。

やわらかい笑みを浮かべてはいるけど、こころなしか、雪乃には、いつものようなはつらつとした明るさがない気がする。というか。

「顔色、よくないですよ?」

おずおずと、小鳥が口にすると、雪乃はぺろっと舌を出した。

「ごめんね心配かけて。実は私、もともと貧血気味で。最近とくに調子よくなくて。でも、小鳥ちゃんがピアスつけてくれてるの見て元気出たよ。やっぱ、かわいい。似合ってる。超うれしい」

「雪乃さん……」

雪乃は元気そうにふるまっているけど、やはり心配だ。

「おい。ぼーっとしてないで、さっさと食えよ。兄貴たちと交代しないと」

新が小鳥を小突く。

「わかってます!」

ぎろっとにらみ返すと、小鳥はサンドイッチをほおばった。

厚切りハムと野菜のサンドイッチ。しゃきしゃきのレタスにきゅうり、トマト、チーズ、そして、分厚くカットしたハムをはさんだ、ボリューミイなもの。ハムのうまみとチーズの塩気が、フレッシュなトマトの酸味、みずみずしいレタスとよく合う。

ほかのメニューにも言えることだけど、素材同士がぶつかりあってどちらかが負けてしまうということがぜんぜんない。うまい具合に引きたてあっているのだ。

「めっちゃおいしい」

「当たり前だ。俺が作ったんだからな」

「あんたははさんだだけじゃん。森嶋《もりしま》ベーカリーが作ったパンで、伊織さんが考えた具の組みあわせで、伊織さんの作ったマヨネーズだからおいしいんだよ」

このハムだって、どのぐらいの厚さにカットするのがベストか、何度も試行錯誤《さくご》してたどり着いたにちがいない。

新は小鳥に冷たい目を向けた。

「じゃああんたもやってみろよ。はさむだけならできるだろ?」

「えっ! いいの? やっても」

「ダメに決まってんだろ。客に出すんだぞ」

新と小鳥のやりとりを聞いていた雪乃は、くすくすと笑っている。

「仲いいんだね、ふたり」

「どこがっ?」

むきになって言いかえしたふたりの声が、見事にユニゾンした。雪乃はあははと声をあげて笑う。

小鳥はむくれて、アイスコーヒーをごくごくと飲んだ。すごく風味がよくておいしい。野外で飲むとさらに格別。玲人さんはなんでもできて器用だなあ、なんてことを思っていると。

「雪乃さん？」

さっきまで笑っていた雪乃が、しんどそうに肩で息をしながら、ぐったりと椅子の背にからだをあずけている。顔が真っ青だ。額にはこまかい汗が浮いている。

「ごめ……んね。ちょっと、くらっとしただけ。だいじょう、ぶ、だから」

雪乃は弱々しく笑うと、立ちあがろうとして。……できなくて、その場にくずおれた。

「雪乃さん！」

とっさに、新が支える。

「ごめ……ちょっと、めまいが……」

「しゃべんなくていいから」

どうしよう。どうしよう、雪乃さんが倒れた。こんなに真っ青になって……、尋常《じんじょう》じゃない。早く病院に連れていかないと。救急車？　救急車を呼ぶべき？

パニックになった小鳥の頭のなかに、ぱっと浮かんだのは、伊織の顔だった。

「私、伊織さんを呼んでくる！」

気づいたら、そう口にしていた。

テントを出て、四つ葉カフェのブースへと駆ける。気が動転して、足がもつれて、行きかうひとたちにぶつかりそうになる。だけど。

早く呼ばなきゃ。彼を。

4

「伊織さん！　大変です！」

血相を変えて四つ葉カフェのブースに駆けこんだ小鳥を見るやいなや、伊織と玲人は目をまるくした。

「どうしたの？　そんなにあわてて」

今、お客さんはおらず、ふたりも椅子に座ってサンドイッチを食べているところだった。

「ゆ、雪乃さんが」

「落ちついて」

伊織が立ちあがって小鳥のそばへ寄る。

「倒れたんです……。顔、真っ青で」

その言葉を聞いたとたん、伊織は手にしていた珈琲のコップを取りおとした。ふたがはずれて氷が飛びだし、地面に黒い染みが広がる。

「どうしよう。雪乃さんを、病院に……」

すぐさま玲人は伊織に、

「すぐ行ってやって。今、客も少ないし。店は俺が見てるから」

きっぱりと言いきった。

伊織が玲人を見やると、玲人は深くうなずいた。

テントを飛びだす伊織。駆けていくその背中を、小鳥は追いかけた。

『Snowdrop』のブースに戻ると、テント奥に敷いたシートの上に、雪乃は横になっていた。そのすぐそばで、新が見守っている。

「雪乃！」

伊織が駆けよると、蒼白《そうはく》だった雪乃の頬に、わずかに赤みがさした。

「いおり、くん……」

しんどそうに、その身を起こそうとする。

「起きあがらなくていいから」

伊織は雪乃の手をとった。

「兄貴、雪乃さん、病院に連れてったほうがいいと思う」

新が告げると、雪乃は「だめだよ」と必死に声をあげた。

「わたしは、だいじょうぶだから。す、こし、休めば、よくなる。はやく自分のお店に……」

「バカ」

伊織はたまらず、雪乃を抱きしめた。

「うちの車の場所まで、歩けるか？」

「……へいきだって。おおげさだよ」

「歩けないなら、連れていく」

伊織は雪乃から身を離すと、しゃがんだまま彼女に背を向けた。

「乗って」

「えっ……」

「乗らないなら、抱えていく」

雪乃はなにも言わず、伊織の背にその身をあずけた。強がっていても、やはりしんどかったのだろう。ぐったりともたれかかっている。

伊織は雪乃をおんぶして立ちあがると、新に、

「ごめん。あとのこと、いろいろ、頼む。玲人にも」

「わかった。兄貴、車のキーは？　今、持ってる？」

「ああ。このウエストバッグのなかに、貴重品はまとめて入れてる」

そして、小鳥に。

「小鳥ちゃんも。いろいろ、よろしく頼むよ」

と、告げて。雪乃を連れて、伊織はテントをあとにした。

小鳥ちゃん、と。また、名前で呼ばれた。名前を呼んでくれた。

だけど、もう、甘くない。ちっとも、甘くない。

ただ、ひりひりと痛いだけ。

小鳥はきゅっと口を引きむすんだ。今はそれどころじゃない。イベントはまだ続いている。伊織さんがいなくても、しっかり仕事をこなすんだ。

「野宮」

新に呼ばれて、びくっと肩がはねる。

「俺、玲人にいろいろ相談してくるから。雪乃さんの店のこともあるし。野宮はその間、ここにいてくれないか」

「わかった」

雪乃のお店をがら空きにするわけにいかない。商品や売り上げを盗まれることがあってはいけないのだ。

準備中のプレートが置かれていても、通りゆくお客さんは足を止めて、雪乃のアクセサリーを手に取って眺めていく。

少ししか寝てないと言ってたけど、それはゆうべだけの話じゃなくて、ここのところずっと、根をつめて作っていたんだろう。

きっと彼女は、強がってぎりぎりまで無理をしてしまうタイプだ。さっきだって、ずっと「大丈夫」と言いはっていた。ぜんぜん大丈夫なんかじゃないのに。

きっと伊織は……、そんな雪乃の性格を、だれよりも知っているのだ。

雪乃を抱きしめていた、伊織のすがたが脳裏によみがえって――。

ぶんぶんと首を振る。今は、私の痛みなんか、どうだっていい。

「小鳥ちゃん」

呼ばれて、我に返る。玲人だ。

「今から俺、ここの撤収作業するわ。とりあえず、ここの商品とか売り上げとか持ちこみ品とかは、雪乃さんが戻るまでイベント事務局で預かってもらうことになったから」

「は、はい」

「新はうちの店のブースにいる。お客さんも来てる。小鳥ちゃん、俺がこっちで作業してる間、新とふたりで、がんばれるか？」

　小鳥は、うなずいた。

「できます」


　とはいえ小鳥は、サンドイッチの作り方も、珈琲の淹れ方も、教わってもいないし練習もしていない。それらの作業をこなすのは、新だ。

　さっきは、ふざけて「あんたははさんだだけじゃん」などと軽口をたたいたけど、適当に具をはさんでカットすればいいというものではないことぐらい、小鳥だってもちろんわかっている。

　歯がゆい。自分には、お客さんに食べてもらって、お金をもらう価値のあるものは、作れない。だけど。

　サポートをすることはできる。お客さんに、とびきりの笑顔を向けることはできる。

　お客さんが、最高に素敵な気持ちで、おいしいサンドイッチと珈琲をお迎えできるように。

「ここ、春日町《かすがちょう》にあるお店なんですか？　西区の」

　ショップカードを見たお客さんが小鳥にたずねた。五〇代なかばぐらいの男のひとだ。

「はい。ちょっとわかりづらい場所なんですが……。もし迷われたら、お電話いただければ、案内いたします」

「じゃあ、行ってみようかな。実は、妻の実家が春日町でして」

「そうなんですか！　ぜひいらしてください。古くて小さいけど素敵なお店です。緑と花がいっぱいの裏庭もあるんですよ。サンドイッチ以外のメニューもすっごくおいしいし……」

はっ。しまった。つい、熱く語りすぎてしまった……。

お客さんは「ははっ」と笑った。

「よほど惚《ほ》れこんでらっしゃるんですね。わかりました、ぜひ伺《うかが》います」

男性はにっこり笑うと、軽く会釈《えしやく》をして去っていった。

「……恥ずいやつ」

ぼそっと新がつぶやく。かあっと顔が熱くなる。

「い、いいじゃんべつに。来るって言ってくださったんだし」

「ま、そうだけど」

新はそう言いつつも作業の手を止めない。伊織に負けず劣らず、手際がいい。

ポリ手袋をした細く長い指が、なめらかにパレットナイフでクリームを塗り、フルーツを盛り、すっ、とカットする。切り口もカラフルな宝石をちりばめたように美しい。

手際よく、美しく作ること。それは練習の成果だ、と玲人が言っていた。きっと新も……、かなりの練習をしたんだろう。

珈琲だってそうだ。お客さんに出すものである以上、どんな環境、状況であっても、つねに高いクオリティのものを淹れなければいけない。

三兄弟、とくにまだ高校生の新は、いつ、どうやって腕を磨いたんだろう。

実家を離れ、伊織さんと同居を始めたのと同時に店を手伝いはじめたんだろうけど、最初から即戦力だったんだろうか。驚くほど飲みこみが早いとか？

つぎのお客さんが来た。

小鳥は、笑顔で「いらっしゃいませ」を告げる。

珈琲を淹れることはまだ自分にはできないが、ドリッパーにペーパーを敷いたり、ポットのお湯をピッチャーに移しかえたり、できることを探してサポートにつとめた。

お店がにぎわう時間には波がある。ランチタイムの波を過ぎ、いったん落ちついたものの、午後三時を過ぎて、ふたたび波が訪れた。つぎつぎに、サンドイッチが売れる。

新と小鳥、ふたりの呼吸も、だんだん合ってきた。

玲人が戻ってきたときには、仕込んできていたパンも具材もほとんど尽きていて。

そして、ついに……。

「完売！」

ラストのお客さんに商品を手渡す。

サンドイッチ三種類、完売。それでも、珈琲を求めるお客さんは引きつづき訪れた。

そして、五時になり、イベント終了。

「大成功だね」

玲人の額に汗が浮かんでいる。

小鳥も、新も、気づけば汗だくだった。集中していて気づかなかった。

とりあえず無事に終わった、と思うとほっとして。へなへなと力が抜ける。

「つ、つかれた……」

「ばーか。まだ、あと片づけがあるんだからな」

新が小鳥を小突く。わかってるし、と、むすっとふくれると、

「でも、すげーがんばってたな。助かった」

と、新はぼそっと言いたした。

「な、なんなの。相変わらず上から目線」

ぼそぼそと文句を言う。たまにほめられると、こそばゆくてたまらない。

だけど……。

小鳥は、きゅっと口を引きむすんだ。

伊織はまだ戻ってこない。雪乃の具合はどうなのか。気になるけど、片づけと撤収作業をしなくてはいけない。

伊織のワゴンがないので、玲人が乗ってきたレンタカーに荷物をすべて積みこんだ。

「とりあえず、俺、リースしてる道具とか、この車とか、返してこなきゃなんないから。先に戻るけど、いい？」

玲人が言った。

「わかった。俺たちはここで伊織兄を待ってるよ」

新が答えると、玲人は「じゃ、またあとで」と片手を上げて、車に乗りこんだ。

残されたふたり。

イベント会場は、ライブステージも立ちならんでいたテントも撤収を終えて、もとの芝生広場に戻っている。

と、新の携帯が鳴った。

「……伊織兄から」

どきりと心臓が鳴る。新が電話に出た。

「もしもし。うん、こっちは大丈夫。雪乃さんは……？」

息を詰めて、新の横顔を見つめる。

「そう。わかった。とりあえず、俺たちはここで待ってるから」

通話を終えた新は、小鳥に向きなおった。

「雪乃さん、過労と貧血だって。かなり貧血がひどいから、これから一応、詳しい検査もするらしいけど、たぶん大丈夫だろうって。雪乃さんのご家族が来るまで、兄貴がついてる、って」

「そう……、なんだ。よかった」

深刻な病気というわけではなさそうだ。

小鳥は、まだどきどきしている自分の胸を手で押さえた。

「すごく無理してたんだね。ゆっくり体を休めてほしい。伊織さんがついてるなら安心だよね」

笑顔を浮かべた小鳥のことを、新はじっと見ている。

「な、なに……？」

「いや。……べつに。なんでもない」

傾きはじめた太陽が、広場の向こうの海を照らしている。

「伊織さん、遅くなるかな」

「さあな」

これから、どうしよう。スマホで電車の時間を調べてみるも、さっき出たばかりらしく、次の便まで一時間以上もある。田舎ゆえ、本数が少ないのだ。

途方に暮れていると、

「やることないし。……浜、行ってみる？」

新がぼそっとつぶやいた。小鳥のほうは見ない。

小鳥は、「うん」と、小さくうなずいた。

5

海なんて、ずいぶん久しぶりだ。

波打ち際の、しっとりと濡《ぬ》れた砂浜を歩きながら、優しい波音を聞く。

打ちよせた波は白く泡立ち、砂を洗い、すうっと引いて、またすぐに押しよせる。

新は小鳥のすぐ後ろを歩いている。とくに会話もなく、水平線の向こうにある空が、だんだんとオレンジ色に染まっていくのを見ているだけ。

髪が潮風に吹かれて頰にまとわりつく。小鳥は手で押さえた。その拍子に、青いピアスに触れて、……落としてしまった。

「あっ」

あわててしゃがみこむ。ノンホールの、クリップタイプのピアスだから、普通のピアスに比べると、やはりはずれやすい。

新もそばに寄ってしゃがんだ。

「あった。これ」

拾いあげて、小鳥に手渡す。わずかに指先が触れる。

「……ありがとう」

ハンドタオルでピアスを拭いて、ふたたび、耳たぶにつけようとしたら。

「大丈夫か？」

ふいに、新が言った。

「大丈夫って……、なにが？」

「伊織兄のことだよ。野宮もわかっただろ？　兄貴の気持ち」

小鳥は、こくりとうなずいた。

ふたりは、ゆっくりと立ちあがった。

まっすぐに、海を見つめる。

水平線で、オレンジ色の光の粒がはねている。まぶしい。

まぶしくて、痛くて……、目の奥が熱くて、にじんで、ぼやけていく。

「私、たぶん、最初からわかってた。伊織さんにとって、雪乃さんが特別なんだってこと」

ただ、気づかないふりをしていただけ。

雪乃を抱きしめた伊織のすがたが、脳裏によみがえる。

目の前に突きつけられてしまった。伊織が、だれを一番大切に思っているのか。どんなに、その思いが強いのか。

こぼれそうになった涙を、ぐっと押しこめて、小鳥は笑顔をつくった。

う・い・す・きー。きゅっと口角を上げて、にまっと、ほほえんでみせる。

「ていうか、なんで教えてくれなかったわけ？　あのふたりがつきあってるってさ。だから、伊織さんだけはダメだって、頑《かたく》なに言いはってたんだよね？」

本当に、いじわるだ。みんなして、幼馴染みだってうそをつかなくても。

「つきあってるわけじゃない」

新が答えた。その声は、こころなしか、いつもよりも硬い。

「え？」

「昔、つきあってただけ。だけど別れた。別れたけど、友達としてのつきあいは復活して、今も続いている」

「……どうして？」

どうみても両想いのふたりだ。なのに、なぜ別れたんだろう。

「うちの店の従業員が、伊織兄に惚《ほ》れて……、それからいろいろあった、って話はしたよな？」

「うん。だから、女子は雇わないって」

ストーカーのようになって、つきまとって、嫌がらせをした。ということだった。

「あれ、さ。嫌がらせされたの、雪乃さんなんだよ。雪乃さんも、心配かけまいと内にためこむひとだからさ。なかなか言ってくれなくて。そしたらどんどんエスカレートしてって、警察沙汰《ざた》にまでなって」

新はそこで、声を詰まらせた。懸命に、続きの言葉を探している。

「……ふたりの間で、具体的にどういう話があったのかはわからないけど。兄貴と雪乃さんは、別れを選んだ。兄貴は自分を責めつづけていたし、雪乃さんはそんな兄貴を見ているのがつらかったのかもしれない。別れてしばらくは連絡も取ってなかったみたいだけど、最近になってからだな、雪乃さんがまた、兄貴とも、俺たちとも、昔みたいに親しく話すようになったのは。作品の委託も再開したし」

　押しよせては引いていく、波の音。

　新の前髪も、潮風に揺れている。

「大切、なんだね」

　ふたりの存在が。新の顔を見ていたら、わかる。

「ブラコンって言いたいわけ？」

　新は、小鳥を軽くにらんだ。少し、決まりわるそうだ。

「そういうわけじゃ……」

　もごもごと答えると、新は後頭部をわさっとかいた。

「兄貴と雪乃さん、ほんと、仲よくてさ。弟としては気恥ずかしいけど」

　新の横顔が夕日に染まっている。小鳥は続きの言葉を待つ。

「うちの親父は……、女癖が悪くて、ずっと母さんを裏切ってて。そういうの見てたから、俺は、恋愛とか馬鹿《ばか》みてえって思ってたし、今も思ってる」

　新は波の彼方《かなた》を見ている。にらみつけるように、見つめている。

「だけど兄貴たちは、なんかちがうっていうか。俺にとっては、ありえない奇跡って感じ」

　……だから、守りたい。

「女子は雇いたくないって言いはってたのは俺だ。また、あのふたりの間を裂くようなやつが現れたらと思うと、……どうしても嫌だった」

「みんながみんな、嫉妬《しっと》にかられて、好きなひとの彼女を傷つけるわけじゃない」

小鳥は、きっぱりと言いきった。

それだけは、言っておきたかった。好きなひとの幸せを願う気持ちだって、ちゃんとある。

「わかってる。……でも。俺だって今までいろいろ、女子がらみではろくなことなかったし。女子っていう存在を、俺は信用してなかった」

「性別だけで雑にひとくくりにされても困るんですけど」

とは言いつつも。もてるだけに、自分をめぐっての女子同士のトラブルを目にしたり、男子に嫉妬されたり、そういうことが幾度もあったのかもしれないと思うと、ちょっと同情はする。

「それは反省している。それに、男だってひどいやつはひどいし。うちの親父とか。まじで俺、人間不信なのかもしれない」

新は小さくため息をついた。

「でも、信じられるひとはいるんだよね？　伊織さんとか、雪乃さんとか、玲人さんともなんだかんだで仲よさそうだし、……あと、亡くなったおじいさんとか……？」

「ま、な」

小さくつぶやくと、新は、小鳥の顔を、ちらっと見やった。

「あんたも、な」

「え？」

びっくりして見つめかえすと、新は、すぐにそらしてしまった。

「変なやつだなって思った。兄貴のこと好きなくせに、雪乃さんのことも本気で心配してたし。店の仕事もちゃんとこなしてたし。けっこう、骨のあるやつじゃん、って」

「え？　……うそ、私、ほめられた？　今日、二度目？」

「……あほ。調子乗んなよ」

新は、しまったと言いたげに、顔をしかめた。

その頬も、耳たぶも赤いのは、夕日のせいだろうか。

「でも、正直、俺、あんたのことをずっと警戒してたから。それについては謝る」

潔《いさぎよ》く、新は頭を下げた。

「ちょっと、やめてよ」

小鳥はあわてた。

失恋して、ぜんぜんつらくないわけじゃない。雪乃さんに対して、嫉妬の気持ちがないわけじゃない。ふたりのことを思いだすとナイフで刺されたみたいに痛い。でも。

「伊織さんのことも好きだけど、私は、雪乃さんのことも好きだから。それに、……、私、昔、嫌な思いしたこと、あるから。だれかほかのひとに対して、同じことをしようとは思わない」

絶対に。

「どんな理由があったって、どんなに自分が傷ついていたって、だれかを痛めつけていいわけがない」

心から、そう思う。

あんな思い、だれにも味わってほしくない。

「そうか。……そう、だな」

新のつぶやきは、波音にまぎれて、かぼそく消えて。

沈黙が降りる。

水平線の向こうに落ちていこうとしている、まるい陽《ひ》は。いつの間にか、燃えるように赤く染まっていた。新はずっと赤い陽を見つめている。

小鳥も、海の向こうに沈みゆく、今日さいごの光を、見つめていた。

「あのさあ」

ふいに、小鳥はつぶやいた。

「私も、あんたのこと、すごいなって思ったよ」

今日一日を通して感じたことを、素直に、告げた。

「……なんだよ、急に」

「なんだろうね」

ほめられたから気持ちがやわらかくなったのかもしれないし、失恋して痛んだ心がそうさせたのかもしれなかったし、単純に、夕日の美しさにほだされたのかもしれなかった。

「あらためて疑問に思ったんだけど。いつからどれだけ練習して、お客さんに出せるまでになったの？　珈琲の淹れ方とか、紅茶とかも」

「最初は、じいちゃんの店で、だな。入りびたってたって話、したろ？　じいちゃんの喫茶店にあるもの全部がキラキラして見えて、憧《あこが》れてさ。珈琲も好きだった。そんな俺をおもしろがって、じいちゃんがいろいろ教えてくれた。変なガキだよな」

「ふう、ん」

「じいちゃん死んでからは、まあ当然だけど、兄貴に教わって。受験勉強そっちのけで練習して。俺も兄貴も、目指すのはじいちゃんの味だったから。豆も、同じものを使ってるし」

それだけ、特別な存在だったんだろう。おじいさんと、おじいさんが営んでいたお店。単に、家が嫌で逃げこんでいただけじゃない。そこで、大切なものを見つけたんだ。星名新も、……そして、伊織さんも。

夕陽が浜辺を透明なオレンジ色に染めあげていく。

胸が苦しかった。

伊織さんがおじいさんから引き継いで、あのお店を始めてくれて、よかった。最初はダメだと言っていたのに、私が働くことを許してくれて、本当にありがとう。

私もきっと……、大切なものを、宝石みたいにきらめく、私だけの大切ななにかを、いつか、つかめるような気がする。

だから。だからきっと……、大丈夫。

恋を、失っても。

「……い。おーい」

だれかが、呼ぶ声がする。

振りかえると、堤防の向こうで、伊織が手を振っていた。

伊織は階段を下りて、砂浜のふたりのもとへ駆けてきた。

「今戻った！　いろいろ任せて、悪かったな」

小鳥は、ゆっくりと首を横に振った。胸がいっぱいだった。

初めて、好きになったひと。

「ふたりとも、迷惑かけて、本当にすまなかった。責任者なのに、店を放りだしていってしまって」

伊織は深く頭を下げた。

「いいから。あのときの雪乃さん、本当にやばかったから、仕方ないだろ」

新の言葉に、小鳥もうなずいた。伊織は顔を上げると、ほっと表情をゆるめた。

「で、雪乃さんは？」

新が聞いた。

「点滴打ってもらったら、だいぶ顔色もよくなった。少し入院して検査して……、異常がなければ戻れるそうだ。おそらく大丈夫だろうという話だったけど」

「雪乃さんのブースの荷物、どうすんの？　兄貴が代わりに取りに行く？」

「ああ。明日店休日だから、僕が行くよ」

伊織の顔は、どこか晴れやかに見える。

「ところで」

思わず、小鳥は兄弟ふたりの会話に割ってはいった。

「伊織さんは、雪乃さんにちゃんと告白したんですか？」

「え、ええっ？」

伊織は、めがねの奥の目をめいっぱい見開いた。

「な、なんでそんなこと……」

「だって。雪乃さんは具合悪かったのに、今、妙にうきうきしてるように見えるから。さては、よりが戻ったんだなーって」

にいっと、意地悪く笑ってみせる。

かあっと赤くなった伊織は、新をぎろっとにらんだ。

「なに、余計なこと吹きこんでるんだよ」

「いいだろ別に。雪乃さんに対してあんな態度とってて、バレないほうがおかしいんだし」

こほん、と、伊織は咳《せき》払いした。

「……まあ。その、ご想像通り。元さやに収まることになった。あいつが倒れたとき……。どんなことがあってもそばにいたい、って、……思ったんだ」

と、答えた。

きちんと、答えてくれた。

初めて、好きになったひと。

始まったとたんに、終わってしまった。恋って、こんなにあっけない。はかない。

そして……、ひりひりと、痛い。

「雪乃さんが全快したら、ぱーっと打ち上げしましょうよっ！　今回のイベント成功と、元さやを祝って！」

小鳥は笑った。とびっきりの笑顔。ぎこちなくもないし、ひきつってもいない。

これは、練習の成果。どんなときも、ちゃんと心から笑えるようになった。

「勘弁してくれよ……」

伊織は片手で、真っ赤になった顔を覆《おお》って、天を仰《あお》いだ。

小鳥は、くすくすと笑った。

さよなら。初めての恋。

さよなら。

6　君のプリンはだれのため

1

「おはようっ！」

がらりと、教室のドアを開ける。

――うん。われながら、ぴかぴかの笑顔だと思う。

教室で談笑していた麻友《まゆ》たちは、元気いっぱいに登校してきた小鳥《ことり》を出迎えた。

「おはよう、小鳥」

連休が終わり、ふたたび、慌ただしい学校生活が始まった。

自分の席について、テキストや筆記具を机のなかに仕舞っていると、三人はにまにま笑いながら、小鳥に寄ってきた。

「ねえ、ゴールデンウィーク、なにかいいことあったの？」

「え？　なんで？」

「だって、すっごい機嫌いいんだもん。さては、麻友っちに引きつづき、野宮《のみや》ちゃんまで……」

ミキと佳苗《かなえ》は、たがいに顔を見合わせると、むふふと笑った。

「例の、禁断？　のひとと、進展あったのかなー、なんて」

「あ。その話」

ふたりの、期待に満ちた目。

麻友も、ふたりより控えめながらも、しっかり食いついている。

「見事、ふられましたっ！」

小鳥は、にっかりと笑った。

「ふられたっていうかー。なーんにも始まってないっていうか。気づいたとたんに終わっちゃったっていうか。ごめんね。おもしろい話提供できなくて」

三人は、きょとんと目をまるくして。それから、

「えええっ？」

と、のけぞった。

「ちょ、ごめんっ。私、すっごい地雷踏んじゃった。ごめんね、ぜんぜん知らなくて」

ミキがおろおろとあわてている。

「えっと……。なんて言っていいかわかんないけど、とりあえず、今日、ハンバーガーおごる。あっ、甘いものとかのほうがいい？」

と、佳苗。

小鳥はくすくす笑うと、

「いいよそんな、気を使わなくても。でもみんなでお茶するのは楽しそうだねー。今度、行こ？」

と、茶目っ気たっぷりに言った。

「今度？　今日は？」

「今日はバイトなんだ。ごめんね」

ぺろっと舌を出した。終始明るく、あっけらかんとした様子の小鳥に、ミキたちはどこかほっとした様子で、

「早く次の好きなひと見つけなよ？　っていうか、その感じだと、すぐ見つかりそうだよね」

「うんうん」

と、うなずきあっている。

だけど、麻友だけはちがっていた。

次の休み時間に、小鳥の席を訪れて、こっそり、聞いてくれたのだ。

「大丈夫？　心配かけたくないって思って、無理してない？」

「ありがとう。ほんとに、傷は浅いんだ。まだ、そんなに深く好きになる前に終わったから。ていうかむしろ、最初からそこまで好きじゃなかったのかも。恋、って意味では」

そう答えると、麻友は、

「ならいいけど」

とつぶやいて、

「小鳥って、大丈夫じゃないときも、大丈夫って言いはるから。だから、なーんか、信用してないのよ、わたし」

と、小鳥の額を人差し指で小突いた。

「しんどいときは、ちゃんとしんどいって言うこと。わかった？」

「ん。ありがと」

麻友は本当に優しい。でも、今回は、本当に平気。彼と彼の好きなひとのことを、応援したいって思ってる。心から。

そのとき、ふと、視線を感じた。となりの席を見やると、新《あらた》と目が合った。

新とはあの浜辺でずいぶんいろいろなことを話したし、だいぶ打ちとけたように思うけど、学校では相変わらず。ぼそっとあいさつを交わす程度で、親しく話しかけたりなんてことは、いっさい、ない。

だけど。

小鳥たちの会話が聞こえていたのか、いないのか。いつものクールな仏頂面《ぶっちょうづら》で、新は、「ふーん」とでも言いたげに、小さなため息をつくと、自分のテキストに目線を戻した。

「……なんなの」

いろいろ見透かされていそうで、妙に居心地が悪い。

というか。見透かされてるって、……なにを？

見透かされて困ることとなんてなくない？

チャイムが鳴る。麻友は小さく小鳥に手を振って、自分の席に戻っていった。

放課後は、バイト。

ぱりっとアイロンをかけた白いシャツに着替えて、大好きなカフェへ。伊織《いおり》は今日もにこやかに、カウンター席のお客さんに珈琲《コーヒー》をお出ししていた。

「こんにちは！」

「小鳥ちゃん。今日もよろしく」

もう、すっかり名前呼びが定着したようだ。伊織の笑顔はいつにも増してやわらかくて、まるで春の光をまとっているかのよう。

恋をすると女の子はきれいになるなどと言うけれど、それは男のひとにもあてはまるんだな、と思った。伊織の内側からにじみ出ている幸せオーラがまぶしくて、小鳥は目をそらした。

まったく。伊織さんって結構態度に出ちゃうひとなんだな。この調子だと、この先、のろけ話をさんざん聞かされる羽目になるかも。覚悟しておかないと。

「おす」

無愛想に告げたのは、新だ。彼もいましがた来たようで、カウンターの流しで念入りに手を洗っている。

小鳥はチョコレートブラウンのエプロンを巻いて、きゅっと紐《ひも》を蝶《ちょう》結びにした。

「小鳥ちゃん」

伊織に名前を呼ばれると、やはり、胸が鳴ってしまう。

とくんとはねて、そして……、きゅっと、痛い。覚悟、しなきゃいけないのに。

「はい」

振りはらうように明るく返事をすると、伊織はにっこりと笑った。

「そろそろ、君がこの店で働きはじめて一カ月が経《た》つ。お試しで採用、ということで来てもらっていたけど、次のシフトから、正式に採用ということでいいかな?」

「えっ」

思わず、目を見開いた。

「といっても、仕事内容もシフトも今までと変わらないんだけど。できるだけ、長く働いてほしいと思っている。もちろん、学校や家庭の都合は最優先してください」

「はい。……が、がんばります」

ぺこっと、頭を下げた。

できるだけ、長く。働いてほしいと思っている……。

伊織の言葉が耳の奥でリフレインする。

「よかったじゃん」

顔を上げると、新と目が合った。

「星名《ほしな》くんは、いいの?」

「いいも悪いも。店主が決めたことだし。ま、がんばりが認められたってことじゃねーの?」

認め、られた。この店の一員だって、きちんと、認められたんだ。

ドアベルが鳴る。スーツ姿の若い女性のお客さんだ。外回りの途中、といった雰囲気。

「いらっしゃいませ！」

小鳥は声を張りあげた。

「だから。声、でかすぎ」

新のつっこみが聞こえて、小鳥はあわてて口を押さえたのだった。

2

連休明けもお店はにぎわって忙しく、みんなくるくると立ちはたらいた。

先日のしおさいマルシェでこのお店を知ったという方もちらほら訪ねてきてくださり、テイクアウト用のサンドイッチや焼き菓子も早々に売りきれた。

あっという間に陽《ひ》が落ちて、閉店。

「今日の賄《まかな》いは、カレーだからね。うちでも出したくて、いろいろ試行錯誤《さくご》してるんだよ。ぜひ感想聞かせて」

厨房《ちゅうぼう》から現れた伊織が、にっこり笑う。

カレーと聞いて、洗い物をしていた小鳥は、ぴんと背筋をのばした。

忙しくてすり減っていた気力体力、ともにフルチャージ。

伊織さんの、おいしいカレー！

「兄貴。今日は先に賄い食べて、早く雪乃《ゆきの》さんとこ行きなよ。片づけとか掃除とかは俺たちがやっておくから」

新が言った。

「雪乃さん、今日退院したんだってさ。検査の結果も、異常なしだって」

と、小鳥に告げる。

「すまない。あいつ、実家じゃなくてひとり暮らしのアパートに戻ったらしいから……。すっかり元気だって言いはるし、明日から仕事も行くって言ってるんだけど」

伊織は、もごもごと歯切れが悪い。

「じゃあ絶対行かなきゃだめじゃないですか！　カレー持ってってあげたらいいですよ！雪乃さん、食欲はあるんですよね？」

「うん。たくさん食べる」

「行ってください！」

「じゃあ……、よろしく頼む。新、火のもとの確認と戸締まりだけは念入りにしておくように。あいつの様子見たら、また戻ってくるから」

そそくさとエプロンを脱ぐと、伊織は帰り支度を始めた。

結局、伊織はなにも食べずに店をあとにした。

「あんなに急いで……。よっぽど、会いたいんだね」

小鳥がつぶやくと、新はそのことには触れずに、

「俺、厨房の片づけしてくるから、野宮は店内の清掃を頼む」

と、そっけなく言った。

「わかった」

黙々と作業をし、店内がきれいになると、外に出て店先を箒《ほうき》で掃《は》いた。

黄昏《たそがれ》のなか、黒板の横のハーブの鉢《はち》から、甘い香りが漂う。

ふいに、胸が締めつけられそうになる。小鳥はしゃかりきに箒を動かして、胸の痛みを振りはらう。ゆっくりと深呼吸して、ドアを開けてなかに入った。

「おつかれ」

新は、賄いのカレーの皿を、カウンター席に準備していた。

「片づけて手を洗ってこいよ」

「……ん」

今日は星名新とふたりで賄いをいただくのか。そう思うと、少し不思議な心地がした。

となりの席の、無愛想な男子。女子には人気だけど、小鳥は正直、いい印象は持っていなかった。だけどまさか、彼がこの店の店長の弟で、一緒に働くことになるとは。

カウンター席に並んで腰かけて、無言でカレーを食べる。バターチキンカレーだ。

バターのまろやかな甘みと、トマトのうまみと酸味、スパイシーな香りが混ざりあって、どんどん匙《さじ》が進む。じっくりと煮込まれたチキンは、ほろほろとやわらかく、口のなかでふわっとほどけた。

「私、こういうカレー、初めて食べたけど、おいしいね。即、お客さんに出せるんじゃない?」

「個人的にはもうちょっと辛いほうが好みだけど」

「ふーん。星名くんって辛党なんだ。たしかに辛いの好きそうな雰囲気ある。毒舌だし」

「毒舌は関係ねーし。っつーか、甘いものもかなり好きだよ、俺は」

「そっか。スイーツの仕込みの手伝いもしてるんだっけ?」

「まあな」

と言って、新はスプーンを置いた。水をひと口飲むと、すっと立ちあがり、カウンター奥の厨房へと去っていく。

ほんと、そっけないよね。そう思いながら、小鳥は残りのカレーを味わった。さいごのひと匙を食べおえて、ゆっくりと水を飲んでいたら。

「野宮」

新がカウンターのなかから手を伸ばして、小さなガラスの器《うつわ》を小鳥の目の前に置いた。

「え？　なに？」

「やる。食え」

「え？　いいの？　プリン、だよね？」

涼しげな透明な器のなかで、ふるん、と、たまご色のプリンが揺れた。あめ色のカラメルがとろりとかかった、なめらかなプリン。四《よ》つ葉《ば》カフェのスイーツメニューには、プリンはない。

「これも、伊織さんが準備してくれてたの？」

新は黙って首を横に振った。

「俺が作った」

「えっ……？　いつ？」

「今朝。っつーか、さっさと食えよ」

「わ、わかった」

スプーンで崩してしまうのがもったいないほど、陶器のようにつるんとなめらかなプリン。そっとすくって口に入れたらば、ほわっと甘くて、たまごとミルクの風味が舌の上でとろけて。

「おいしい……！」

幸せの味。

優しい甘さを引きたてるのは、ほろ苦いカラメル。

なぜだか胸の奥がきゅっとして。鼻の奥がつんとして。思わず、じわっと涙が浮かびそうになった。

あわてて引っこめて指でぬぐう。なに、これ。

「ほんとにうれしい。実は私、プリン、大好きで。よく食べるんだ」

涙をごまかすように、小鳥は明るくおどけた調子で言った。

「知ってる」

と、新はそっけなく答える。

「知ってる？　なんで？」

「購買のプリンがどーのこーのって、よく騒いでるだろ？　最初に教室で話しかけたときも、うまそうに食ってたしな」

……そういえば、そうだった。

星名新に、面接用の履歴書を無理やり押しつけたとき。呼びだされたのは昼休みで、小鳥はお気に入りのプリンを食べているところだった。

「まさか、覚えてたの？」

「自然と記憶に残るんだよ。俺も一応、カフェ店員の端くれだから。ひとが幸せそうになにかを食ってるとこは、さ」

ぶっきらぼうに答えた新の、耳たぶの端っこが、少しだけ、赤い。

なんとなく気恥ずかしくなって、小鳥はふたたび、プリンを食べすすめた。

「これ、今まで食べてきたプリンのなかで、一番おいしいかも……」

小さく、つぶやいた。

ただおいしいだけじゃない。じんわりと、胸のなかがあたたかくなる。

どうしてだろう。ほっとして、張りつめていたなにかがゆるみそうになる。

これは、今の自分が一番欲していたものだ。そんな気がしていた。

甘くて、優しくて、とろけて……、包みこまれる。

前も、こんなことがあったな。

ひと匙ずつ、口へ運んで。すっと溶けていくやわらかな舌触りと、濃厚なたまごの風味と、どこまでも優しいミルクの甘さと。その余韻《よいん》を追いかけるように、じっくりと味わう。

る。

「にしても、食べるのおせーな」

新はぶつくさと文句を言った。その耳たぶが、さっきよりも、より一層赤く染まってい

「だって、食べおわるのもったいないんだもん。幸せが消えちゃうよ」

そう言いかえすと、新は決まりわるそうに小鳥から目をそらした。

「ごちそうさまでした」

器は、からになった。幸せは胃袋のなかに消えてしまった。

少しだけ、寂しい。いつまでも追いかけていたかった。

「ありがとう。これ、新メニューにするの？　これから夏になるし、きっと人気出るよ。カラメルのかわりにフルーツソースを添えてバリエーションを増やしてもよさそうだし」

こほん、と、小鳥の言葉を遮《さえぎ》るように、新は咳《せき》をした。

「……メニューに加えるとか、そういうことは、まだ考えてない」

「そう、なんだ」

じゃあ、なんでわざわざ作ったんだろう。練習作、とか？　どうしても手作りプリンが食べたくなったとか？

カレーの皿とプリンの器を片づけようと、椅子《いす》から降りたところで。

「野宮」

ふいに、呼ばれた。

「なに？」

「いや。俺がこんなこと言うの、おかしいかもしんねーけどさ」

「なにが？」

「あんまり無理して笑ってんなよ、ってこと」

「え？」

「いや、ほら。お客さんの前では、笑顔でいなきゃだけど。でも、そうじゃないときは……」

「あ。え。えっと。それって」

もしかして、伊織とのことを気にかけてくれていたんだろうか。

失恋、したことを。

恥ずかしくて顔が熱くなる。

「そ、そんな無理してるわけじゃないから。その、ほんとにもう、大丈夫っていうか。そんなに傷ついてないし」

「それ、学校でも言ってたよな」

「聞こえたんだよ！　無駄《むだ》に声でかいから！」

ものすごく恥ずかしい。小鳥はそれ以上言い返さず、カウンターのなかへ食器を運んだ。

「流しに置いとけよ、俺が洗うから」

「い、いいし。ちゃちゃっとやって帰る」

新を押しのけるようにして、流しの前に立つと、きゅっと蛇口《じゃぐち》をひねった。ざーっと勢いよく水が流れる。

「なんで全開なんだよ。しぶきがはねるだろ？」

新が手を伸ばして蛇口を閉める。と。

ぽろり、と。涙がこぼれた。

えっ、待って。なにこれ。なんでこんなタイミングで。

おろおろとあわてて、涙をぬぐおうとするけど、涙はどんどんあふれてくる。

「ごめん。なんか私、おかしい。おかしくなった。ごめん」

ずっとずっと、こぼれないように栓《せん》をしていたのに。

今になって、どうして、急に。

「謝んなよ。ここには俺しかいないんだし。ちゃんと、泣けよ」

「う、うん」

なんでこんな。こんなことに。

でも、もういいや。もういい。

「好きだった」

胸が苦しい。

「好き、だった」

こんなに、苦しい。

この気持ちは、いつまで続くんだろう。いつかは、消えるんだろうか。あのころ、あのひとのことが好きだったな、って。なつかしく思いだす日が、来るんだろうか。

そんなの、無理。想像できない。

「ごめ、ん。ごめんなさい」

「だから。もう謝るなって。今更、約束破ったとか言わねーし」

「うん」

早く泣きやまないと。そう思うのに、とめどなく涙はあふれた。

閉店後の四つ葉カフェ、店内はしんと静かで、小鳥が時おりはなをすする音と、閉めた蛇口からしたたる雫がシンクに落ちる、その音だけが響いている。

「……野宮」

ずっとなにも言わず、そばで佇《たたず》んでいた新が、ふいに小鳥の名前を呼ぶ。

つぎの瞬間、ふわっと、大きな手のひらが頭の上に乗った。

「……え？」

小鳥が顔を上げた途端、新ははじかれたように手を引っ込めた。

「ご、ごめんっ」

新は小鳥から目をそらした。その頬も、首すじも、耳たぶの先まで、赤く染まっている。

「え、えっと」

いきなりのことに驚いて、小鳥の涙は止まった。

——まさかわたしを、慰めようとしてくれた……？

まさか、ね。

泣きやんだとたんに、冷静な自分が戻ってきた。

やばい恥ずかしすぎる。穴があったら入りたい、っていうか自分で掘って埋まりたい。

星名新の目の前で、あんなに泣きじゃくってしまった。

「わ。わたし。帰るね」

「あ。ああ。じゃ、その、送る」

「いいって」

「遅くなったから」

言われて窓の外を見れば、もう真っ暗だった。伊織はまだ帰ってこない。

結局、ふたりはそろって店を出た。新がドアに鍵《かぎ》をかける。

スコールのように襲ってきた涙のあと。頭は重いけど、解きはなたれたみたいに、胸のなかはすっきりしていた。

見上げると、ふんわりとした初夏の夜が、街並みを包みこんでいる。雨が近いのか夜空はおぼろにかすんでいて、ちらほらと星の光がにじんでいた。

新はなにも言わず、小鳥のとなりを歩いている。

「あの、さ」

「……なに?」

「私、もう泣かないから」

「ん」

どうしてだろう、と、小鳥は思った。

最初はあんなにむかついていたのに。敵だと思ってたし、星名新だって自分を敵だと思ってたはず。なのに、私は。このひとに、恥ずかしいところとか、弱いところとか、いっぱい見せてしまった。

昔のことを洗いざらい話して、傷をさらけだしてしまったり。……ずっと我慢してたのに、泣いてしまったり。

だけど、そのおかげで、今、こうして前を向いて歩いていける。

「ありがと」

小さく、つぶやいた。聞こえたのか聞こえなかったのか、新はなにも言わない。

あのプリンはひょっとして、自分のために作ってくれたものだったのかもしれない。絶対に口を割らないだろうけど。きっと、そうだ。

優しくてほっとする、四つ葉カフェの味だった。

やがてふたりは、小鳥の家に着いた。

あれ？　もう？　と首をひねる。妙に、その道のりが短く感じたのだ。

「じゃ。明日、遅刻すんなよ」

新は、ぶっきらぼうに告げると、きびすを返して小鳥に背を向けた。

「ま、待って」

思わず、呼びとめてしまう。

「なに？」

新が、小鳥に向きなおった。

「えっと……、珈琲」

「え？」

「つぎのバイトのとき。私にも、珈琲の淹《い》れ方を、教えて」

じっと、新の目を見つめる。

もっと仕事を覚えたい。私も、おいしいものをこの手で作りだしたい。

伊織のマフィンのように、新の、プリンのように。

痛みを隠すために固く閉じてしまった心を、溶かす味。

「わかった。そのかわり、俺は厳しいからな」

と、新は、笑った。

※この作品はフィクションです。実在の人物・団体・事件などにはいっさい関係ありません。

集英社オレンジ文庫をお買い上げいただき、ありがとうございます。
ご意見・ご感想をお待ちしております。

● あて先
〒101-8050　東京都千代田区一ツ橋2-5-10
集英社オレンジ文庫編集部 気付
夜野せせり先生

星名くんは甘くない
〜いちごサンドは初恋の味〜

集英社
オレンジ文庫

2020年3月24日　第1刷発行

著　者　夜野せせり
発行者　北畠輝幸
発行所　株式会社集英社
〒101-8050東京都千代田区一ツ橋2-5-10
電話【編集部】03-3230-6352
【読者係】03-3230-6080
【販売部】03-3230-6393（書店専用）
印刷所　図書印刷株式会社

※定価はカバーに表示してあります

ISBN 978-4-08-680313-7 C0193